刊印古籍今注新譯叢書緣起

劉振強

人類歷史發展，每至偏執一端，往而不返的關頭，總有一股新興的反本運動繼起，要求回顧過往的源頭，從中汲取新生的創造力量。孔子所謂的述而不作，溫故知新，以及西方文藝復興所強調的再生精神，都體現了創造源頭這股日新不竭的力量。古典之所以重要，古籍之所以不可不讀，正在這層尋本與啟示的意義上。處於現代世界而倡言讀古書，並不是迷信傳統，更不是故步自封；而是當我們愈懂得聆聽來自根源的聲音，我們就愈懂得如何向歷史追問，也就愈能夠清醒正對當世的苦厄。要擴大心量，冥契古今心靈，會通宇宙精神，不能不由學會讀古書這一層根本的工夫做起。

基於這樣的想法，本局自草創以來，即懷著注譯傳統重要典籍的理想，由第一部的四書做起，希望藉由文字障礙的掃除，幫助有心的讀者，打開禁錮於古老話語中的豐沛寶藏。我們工作的原則是「兼取諸家，直注明解」。一方面熔鑄眾說，擇善而從；一方面也力求明白可喻，達到學術普及化的要求。叢書自陸續出刊以來，頗受各界的喜愛，使我們得到很大的鼓勵，也有信心繼續推廣這項工作。隨著海峽兩岸的交流，我們注譯的成員，也由臺灣各大學的教授，擴及大陸各有專長的學者。陣容的充實，使我們有更多的資源，整理更多樣化的古籍。兼採經、史、子、集四部的要典，重拾對通才器識的重視，將是我們進一步工作的目標。

古籍的注譯，固然是一件繁難的工作，但其實也只是整個工作的開端而已，最後的完成與意義的賦予，全賴讀者的閱讀與自得自證。我們期望這項工作能有助於為世界文化的未來匯流，注入一股源頭活水；也希望各界博雅君子不吝指正，讓我們的步伐能夠更堅穩地走下去。

新譯西京雜記 目次

卷二

卷三

卷四

導讀

在中國眾多的古典文籍中，《西京雜記》可以稱得上是流傳廣泛、影響深遠的一部。它作為一部優秀的筆記小說，以其內容的廣博繁富、別具情趣及文風的古樸平實，一直吸引著千百年來廣大讀者的注意力：研究文史的學者，從中發掘可資參考的材料；從事文學創作的文人墨客，由此獲取創作的素材；一般讀者，藉此增廣見識，娛治性情。總之，這是一部極有生命力和閱讀價值的奇書。現對有關該書的幾個重要問題論述如下。

一、關於《西京雜記》的作者

《西京雜記》的作者問題，是一個頗具神祕色彩的問題。自東晉葛洪以來，它一直是個令人難以猜透的謎。其間，學者們絞盡腦汁，引經據典，求證索解，使出了各種「解數」，力圖拂去籠罩在這部古籍之上的迷霧，而使該書作者問題的真相大白於天下，但是效果不甚理想，始終還沒有人能徹底把這個「謎」的老底揭穿。相反，各抒己見，相互駁詰，導致異頗信其說，他在〈論西京雜記之作者及成書時代〉❶一文中說：「就其作者而言，則決非劉歆，決非葛洪，亦非吳均；或出於蕭賁之手，但亦需更進一步之證明。」

此外，還有人以此書作者不可詳考，而乾脆把它看成是佚名人氏的作品。如最早著錄《西京雜記》的《隋書‧經籍志》，就不記撰者名氏。唐代學者顏師古給《漢書‧匡衡傳》作注時說：「今有《西京雜記》，其書淺俗，出於里巷，多有妄記。」亦不稱著者姓氏。此派人物的觀點，姑可名之曰「無名氏說」。

縱觀學術研究史可知，歷代學者圍繞著《西京雜記》作者這一疑案，不惜精力地打了很多筆墨官司，但他們的持論，都未越出上述五種說法的範圍。洪業先生在〈再說西京雜記〉❷一文中，曾把《西京雜記》的作者問題，比做一樁疑案，而把本文前面列舉的五說中、涉及的五個人（劉歆、葛洪、吳均、蕭賁、無名氏），比作「嫌疑人犯」，並說：「後來學者的討論駁辨，也不過在這五人之中，做取舍離合的擬議而已。處理全案的指掌，好比孫行者的翻筋覆斗，都未打出這五條擎天大柱之外。」

既然如此，那麼，這「五條擎天大柱」是否都牢靠而不可動搖呢？仔細分析起來，答案當是否定性的。在上列五種說法中，吳均說、蕭賁說及無名氏說，應該說是最經不起駁詰和反擊的。

❶ 該文載於《中央研究院歷史語言研究所集刊》第三十三本，民國五十一年二月出版。

❷ 該文載於《洪業論學集》，中華書局一九八一年版。

首先，我們不妨對吳均說稍作考察。吳均說當是肇始於唐人段成式，其最重要的依據，就是庾信作詩曾引《西京雜記》事，並謂「此吳均語」。其實，這種依據是極不可靠的。我們只要把吳均與其同時的殷芸聯繫起來略作考察，就可發現，把《西京雜記》的著作權歸於吳均，是不甚妥當的。據史籍載：殷芸與吳均為同時代人，年輩相當，且同仕於梁朝。殷芸編有《殷芸小說》，「皆鈔撮故書」❸而成。考今傳本《殷芸小說》，其中有從《西京雜記》中鈔出的十二條。這樣看來，吳均如真的撰有《西京雜記》一書，則殷芸亦應知曉，也就斷然不會把它作為「故書」收進《小說》之中；而殷芸《小說》已鈔錄了《西京雜記》的材料，則正可從反面證明《西京雜記》非吳均所撰。對此，余嘉錫先生《四庫提要辨證》辨之甚詳，現錄之如下：

考《梁書》芸傳云：「大通三年卒，大通三年十月，改元中大通，芸蓋卒於十月以前。時年五十九。」而〈文學・吳均傳〉云：「普通元年卒，時年五十二。」兩者相較，均雖比芸早死九年，而其年齒實止長於芸者二歲。二人仕同朝，同以博學知名，慮無不相識者。使此書果出於吳均依託，芸豈不知，何至遽信為古書，從而採入其著作中乎？

此外，就吳均說立論的根本（即段成式《酉陽雜俎・語資篇》「庾信作詩用《西京雜記》事」

❸ 見魯迅《中國小說史略》。

云云）看，《西京雜記》的作者，亦不可能是吳均。《酉陽雜俎·廣動植篇》已明示《西京雜記》的作者為葛洪，那麼，段氏絕不會在同書〈語資篇〉中作自相矛盾之說，而認定吳均又為《西京雜記》的作者。然則，對段氏《雜俎》中所謂「此吳均語」又該作何解釋呢？魯迅在《中國小說史略》中說：「所謂吳均語者，恐指文句而言，非謂《西京雜記》也。」我們覺得這個解釋是合乎情理的。

以下，我們再來分析一下蕭賁說。據《南史·蕭賁傳》載：「（賁）有文才，能書善畫，好著述，嘗著《西京雜記》六十卷。」主張蕭賁說的學者，正是據此記載而推斷今傳本《西京雜記》為蕭賁所撰。然則，蕭著《西京雜記》是否就是記述西漢軼事、現今尚傳的《西京雜記》呢？在此，我們只要把蕭賁與鈔撮過今傳本《西京雜記》的殷芸聯繫起來稍作考察，就可求得這個問題的答案。考《梁書》及《南史》所載，蕭賁與殷芸所處的年代相距二十餘年（蕭約死於西元五五二年，殷死於西元五二九年），殷在先，蕭在後。這樣，殷芸編纂《小說》一書，不可能鈔錄到蕭著《西京雜記》；而殷芸《小說》鈔錄有今傳本《西京雜記》的內容，則表明在蕭著《西京雜記》問世之前，就已有今傳本《西京雜記》行世了。所以，洪業先生在〈再說西京雜記〉中說：「蕭賁《西京雜記》之西京何指，現時只可存疑。但無論如何，蕭賁比殷芸晚死二十多年，他撰著《西京雜記》之時，恐怕要在殷芸《小說》之後了。因此，我斷定殷芸《小說》所已選載之《西京雜記》，不應是蕭賁所撰的。」如此看來，蕭著《西京雜記》與今傳本《西京雜記》其實是名同實異的兩種書。所以，我們很贊同《困學紀聞》翁元圻注、對蕭著《西京雜記》的看法：「卷數多寡懸殊，當另是一書。」此外，持無名氏說的學者，以《西京雜記》的作者問題，多存疑義而闕之不題，這只能是一種矜慎、嚴謹的治學態度，但不能意味此書作者就是無從稽考，至少是在沒有充分的證據將上列另外四說全部否決之前，不能以《西京雜記》的作者問題為無頭案。

對上述三說逐一論析後，問題的焦點，就落在劉歆說和葛洪說上了。考辨這兩種說法，我們又得把話題引到葛洪的那篇跋文上，因為此跋是這兩說賴以存立的根基。我們認為，葛洪跋文所言，是不可全信的，特別是謂《西京雜記》鈔自劉歆編錄的漢史材料（即洪跋所謂好事者編次的劉歆《漢書》一百卷），更屬欺世之談。如此看待，理由有四：

其一，「向、歆父子亦不聞嘗作史傳於世，使班固有所因述，亦不應全沒不著也」❹。既然劉歆不曾撰著記述漢事的史籍，那麼，洪跋所謂劉歆編錄漢事而修《漢書》，就是子虛烏有之事；至於葛洪據其史書鈔集《西京雜記》事，也就純屬編造。

其二，洪跋謂班固撰《漢書》時，材料「殆是全取劉氏」，但是，以《西京雜記》所記「與班書參校，又往往錯互不合。如《漢書》載文帝以代王即位，而此書（案指《西京雜記》）乃云文帝為太子。《漢書》載廣陵王胥、淮南王安並謀逆自殺，而此書乃云胥格猛獸，陷脰死，安與方士俱去。《漢書·楊王孫傳》即以王孫為名，而此書乃云名貴」❺。《西京雜記》

❹ 見陳振孫《直齋書錄解題》卷七傳記類。
❺ 見《四庫全書總目》卷一四〇子部小說家類。

與《漢書》衝突之處除上面所舉外，還有多處。如《漢書．外戚傳》載淳于衍毒死許皇后後，霍顯未敢重謝淳于衍，而《西京雜記》卷一「霍顯為淳于衍起第贈金」條則謂，霍顯在事成之後，以厚禮贈謝淳于衍；《漢書．外戚傳》載趙王如意為呂后使人所酖殺，而《西京雜記》乃謂如意為呂后使人所縊殺；《漢書．司馬相如傳》載相如、文君賣酒處在臨邛，而《西京雜記》卷二「相如死渴」條則記為成都；《漢書．司馬遷傳》載司馬遷受腐刑出獄後為中書令，續成其書《史記》，而《西京雜記》卷六「書太史公事」條乃云遷受腐刑後，「有怨言，下獄死」。如此種種，不可盡舉。窺此，不免使人生疑：既然班固《漢書》「殆全取劉氏（歆）」所記，為何二者又出現這些相互矛盾、牴牾的現象呢？退一步講，即按洪跋所說劉、班二書，本「有小異同」而認定班氏《漢書》與《西京雜記》原本存有歧異，或按洪跋所說班氏《漢書》於劉歆所記不取者，《西京雜記》錄之，進而認定班書與《雜記》所記相左是理所當然，那麼，就又有令人難以理喻的新問題隨之而出：以「博見彊志」❻、精通經史著名的劉歆，為什麼連漢代幾乎是盡人皆知的一些重大史實都不甚明瞭，以致其記述大謬於事實真相呢？如此說來，上面列舉的事實就說明了一個問題：《西京雜記》所記內容原非出於劉歆之筆。

其三，求之《西京雜記》本書，有種種跡象，亦可說明該書非以劉歆所記為本。如卷三「辨《爾雅》」條有云：「又《記》言：孔子教魯哀公學《爾雅》。」此係引用《大戴禮記．小辨》之文意：「子曰：『循弦以觀於樂，足以辨風矣；爾雅以觀於古，足以辨言矣。』」

❻　見《漢書．劉歆傳》。

紀聞》翁元圻注、對蕭著《西京雜記》的看法：「卷數多寡懸殊，當另是一書。」

此外，持無名氏說的學者，以《西京雜記》的作者問題，多存疑義而闕之不題，這只能是一種矜慎、嚴謹的治學態度，但不能意味此書作者就是無從稽考，至少是在沒有充分的證據將上列另外四說全部否決之前，不能以《西京雜記》的作者問題為無頭案。

對上述三說逐一論析後，問題的焦點，就落在劉歆說和葛洪說上了。考辨這兩種說法，我們又得把話題引到葛洪的那篇跋文上，因為此跋是這兩說賴以存立的根基。我們認為，葛洪跋文所言，是不可全信的，特別是謂《西京雜記》鈔自劉歆編錄的漢史材料（即洪跋所謂好事者編次的劉歆《漢書》一百卷），更屬欺世之談。如此看待，理由有四：

其一，「向、歆父子亦不聞嘗作史傳於世，使班固有所因述，亦不應全沒不著也」❹。既然劉歆不曾撰著記述漢事的史籍，那麼，洪跋所謂劉歆編錄漢事而修《漢書》，就是子虛烏有之事；至於葛洪據其史書鈔集《西京雜記》事，也就純屬編造。

其二，洪跋謂班固撰《漢書》時，材料「殆是全取劉氏」，但是，以《西京雜記》所記「與班書參校，又往往錯互不合。如《漢書》載文帝以代王即位，而此書（案指《西京雜記》）乃云文帝為太子。《漢書》載廣陵王胥、淮南王安並謀逆自殺，而此書乃云胥格猛獸，陷脰死，安與方士俱去。《漢書・楊王孫傳》即以王孫為名，而此書乃云名貴」❺。《西京雜記》

---

❹ 見陳振孫《直齋書錄解題》卷七傳記類。

❺ 見《四庫全書總目》卷一四〇子部小說家類。

與《漢書》衝突之處除上面所舉外，還有多處。如《漢書·外戚傳》載淳于衍毒死許皇后後，霍顯未敢重謝淳于衍，而《西京雜記》卷一「霍顯為淳于衍起第贈金」條則謂，霍顯在事成之後，以厚禮贈謝淳于衍；《漢書·外戚傳》載趙王如意為呂后使人所酖殺，而《西京雜記》乃謂如意為呂后使人所縊殺；《漢書·司馬相如傳》載相如、文君賣酒處在臨邛，而《西京雜記》卷二「相如死渴」條則記為成都；《漢書·司馬遷傳》載司馬遷受腐刑出獄後為中書令，續成其書《史記》，而《西京雜記》卷六「書太史公事」條乃云遷受腐刑後，「有怨言，下獄死」。如此種種，不可盡舉。窺此，不免使人生疑：既然班固《漢書》「殆全取劉氏（歆）所記」，為何二者又出現這些相互矛盾、牴牾的現象呢？退一步講，即按洪跋所說劉、班二書，本「有小異同」而認定班氏《漢書》與《西京雜記》原本存有歧異，或按洪跋所說班氏《漢書》於劉歆所記不取者，《西京雜記》錄之，進而認定班書與《雜記》所記相左是理所當然，那麼，就又有令人難以理喻的新問題隨之而出：以「博見彊志」❻、精通經史著名的劉歆，為什麼連漢代幾乎是盡人皆知的一些重大史實都不甚明瞭，以致其記述大謬於事實真相呢？如此說來，上面列舉的事實就說明了一個問題：《西京雜記》所記內容原非出於劉歆之筆。

其三，求之《西京雜記》本書，有種種跡象，亦可說明該書非以劉歆所記為本。如卷三「辨《爾雅》」條有云：「又《記》言：孔子教魯哀公學《爾雅》。」此係引用《大戴禮記·小辨》之文意：「子曰：『循弦以觀於樂，足以辨風矣；爾雅以觀於古，足以辨言矣。』」

❻ 見《漢書·劉歆傳》。

此「爾雅」為動詞性詞組，意謂近於雅頌，而《西京雜記》將其誤解為《爾雅》之書。這樣，《西京雜記》所記如真的出自劉歆之手，以其博學高才，就不該出現此類錯誤。此外，像《西京雜記》卷五「大駕騎乘數」條所記西漢大駕鹵簿，雜入了後漢以後的一些輿服、職官之制。如其中所記司南車，乃後漢張衡所始造（見《宋書・禮志》）；所記射聲校尉之職，始於晉代（見《晉書・輿服志》）；所記象車，亦始於晉武帝太康年間（同上）。這些，更可證明《西京雜記》所載，非出於劉歆之筆。

其四，《西京雜記》所記內容若出自劉歆之筆，那麼按照古代避諱的慣例，他就應當避其父諱「向」字，但是，《西京雜記》中「向」字屢出。如卷一「昭陽殿」條：「向其姊子樊延年說之。」卷三「篠術制蛇御虎」條：「向余說古時事。」卷五「金石感偏」條：「向者孤洲乃大魚。」卷六「兩秋胡曾參毛遂」條：「乃向所挑之婦也。」當然，漢人避諱不及後之唐宋人嚴格，（清劉恭冕曰：「西漢時自當避諱，然亦詔文及臣下上書乃避之，若尋常臨文，及民間文字亦不諱，故《史》《漢》所載，凡避諱處，皆當時原文，司馬公及班固亦記實書之，一書之中，有避諱，有不避諱。」❼）但畢竟未能棄絕此俗，更何況劉歆傳至今天的文章，把該用「向」字的地方，都易之他字，明顯有避其家諱之習。洪業先生撰〈再說西京雜記〉一文時，曾將見於《漢書》與《文選》的劉歆〈讓太常博士書〉檢讀一過，發現「其中果有兩處用『往者』，絕無『向』字」。這樣，諱字雖然不能作為推倒劉歆說的力證，

❼ 見《廣經室文鈔・漢避諱考》。

二、關於《西京雜記》的內容及文史價值

《西京雜記》一書，多記西漢京都之事，故書以「西京」（即長安）為名。其書以筆記的形式撰成，每篇文字不多，短則十餘字，長者也只有千餘字，然其所記，內容繁富廣博，涉及面亦十分廣泛。就所記人物而言，有帝王將相、王公大臣、嬪妃宮女、文人學士、能工巧匠、市井細民等等；就所記事物而言，則有宮廷軼事、典章制度、時尚風習、苑囿珍器、奇人絕技等等。讀者由此可以形象地認識西漢政治、經濟、文化、民俗等多方面的狀況。要而言之，這部筆記小說的內容，可分為如下幾個方面：

第一，記述西漢宮殿建築及宮廷生活。這是《西京雜記》內容最重要的一個方面。西漢，是一個氣度恢宏的朝代，政治、經濟、軍事、文化等方面，都是空前的強盛，整個社會的物質生活，亦是極其殷富、豪奢：「世俗奢僭罔極，靡有饜足。公卿列侯，親屬近臣……奢侈逸豫，務廣第宅，治園池，多蓄奴婢，被服穀，設鐘鼓，備女樂，車服嫁娶葬埋過制，吏民慕效，浸以成俗。」❾在這種情勢下，生活在深宮大殿的上層統治者，更是窮奢極欲，「徒恨不能以靡麗為國華」❿。因此，「攢珍寶之玩好，紛瑰麗以侈靡，臨迴望之廣場」⓫，建宮

❾ 見《漢書・成帝紀》。
❿ 見張衡〈西京賦〉。

造殿，修池築苑，畋獵弋射，展歌競舞……，便成了宮廷中常見的現象與景觀。這樣，記述西京舊事的《西京雜記》，對這些內容，多有涉及，也就不足為怪了。《西京雜記》中，記述宮廷建築物（如樓臺殿室、苑池囿圃等）的篇什，佔有相當大的比例。這些篇什，或敘樓臺宮殿規模的宏大，建構的精美，陳設的豪華，如卷一「蕭何營未央宮」、「昭陽殿」，卷二「陵寢風簾」、「四寶宮」等條，即屬此類；或記苑池囿圃獨特的功用，優美的景致，奇異的設施，得名的由來，如卷一「昆明池養魚」、「太液池」、「珊瑚高丈二」、「玉魚動蕩」、「上林名果異木」，卷六「孤樹池」等條，即是其例。此外，在《西京雜記》中，反映宮廷生活各個方面的篇章，亦不在少數。這類篇章，側重於表現帝王將相、王公貴戚等上層封建統治者生活的豪奢豫逸，及其內部的種種明爭暗奪，從而揭露了封建統治者的腐朽、黑暗面。如卷一「天子筆」、「戚夫人歌舞」、「煉金為環」、「送葬用珠襦玉匣」、「縊殺如意」、「霍顯為淳于衍起第贈金」，卷二「五侯鯖」、「武帝馬飾之盛」、「趙后淫亂」、「魯恭王禽鬥」等條，即是記敘這類內容的代表性篇目。記敘宮廷生活的篇章中，還有一種是表現普通宮人生活習俗的，具有民俗學的內涵。如「七夕穿針開襟樓」（卷一）、「戚夫人侍兒言宮中樂事」（卷三）等條，即是其例。

第二，記述漢代典章制度及社會風俗習慣。一朝有一朝的制度，一代有一代的風習。《西京雜記》通過對西漢舊事軼聞的記述，給後世讀者，提供了很多關於西漢典章、風習的材料。

⓫ 同⓾。

如記漢代宗廟祭祀的「八月飲酎」條（卷一），記皇帝皇后及王侯器用規格的「几被以錦」條（卷一），記漢代帝王喪葬殮服的「送葬用珠襦玉匣」條（卷一），記西漢皇帝大駕鹵簿的「大駕騎乘數」條（卷五），記皇太子官屬稱謂的「皇太子官」條（卷六），就從各個側面，展示了漢代的禮樂制度及政治制度。《西京雜記》中，還有一部分篇章，記述了朝野上下各階層盛行的風俗、習慣和時尚。如上文所舉「七夕穿針開襟樓」條，表現了漢代婦女七夕穿針乞巧的習俗；「戚夫人侍兒言宮中樂事」條，反映了漢人七月七日繫五采絲縷、九月九日插茱萸、飲菊花酒，三月上巳祓禊祈福等傳統習俗。又如卷二「彈棋代蹴踘」條、卷三「籙術制蛇御虎」條、卷四「陸博術」條、卷五「郭舍人投壺」條，通過生動形象的記述、描寫，展現了漢代流行的各種文化娛樂項目；卷四「日射百雉」條、「鷹犬起名」條，以其所寫的具體事例，反映了漢人慣於射獵的習俗和愛好犬馬的風氣；卷一「止雨如禱雨」條、「身毒國寶鏡」條，卷二「五日子欲不舉」條，雖然是寫漢人的種種迷信行為和心理，但於社會風情，亦有所揭示。

第三，記錄西漢文人軼事及其作品。《西京雜記》記述的文人軼事，涉及面十分廣泛，舉凡學術承傳、求學讀書、寫作活動、婚姻家庭、交遊行蹤等等，均有涉及。如卷一「弘成子文石」條記敘了漢代弘成子、五鹿充宗相繼吞食文石而成名儒的傳奇經歷；卷二「相如死渴」條、「百日成賦」條，分別記述了西漢著名辭賦家司馬相如富於浪漫色彩的愛情故事及進行辭賦創作時專心致志的情形；卷三「長卿賦有天才」條、「賦假相如」條，表現了西漢時人對司馬相如賦的推崇和重視。卷二「揚雄夢鳳作《太玄》」條及「仲舒夢龍作《繁露》」條，以誇張的筆法，記述了有關西漢學者揚雄、董仲舒著書立說的傳聞。卷二「聞《詩》解頤」條，記載了漢人匡衡勤學苦讀的感人事跡。卷四「司馬良史」條及卷六「書太史公事」條，記述了西漢著名史學家、文學家司馬遷的生平行事以及漢人對他的高度評價。卷四「梁孝王忘憂館時豪七賦」條，描寫了梁孝王門下文士枚乘、路喬如、鄒陽等人相聚賦文的盛舉……。如此記述，展示了西漢文人學士的生存狀況及精神風貌。此外，很多篇章還直接記錄、介紹了上述一些作家學者的作品，使後世讀者，得以窺其全貌或一斑。如卷四「梁孝王忘憂館時豪七賦」條所錄枚乘〈柳賦〉、路喬如〈鶴賦〉、公孫詭〈文鹿賦〉、鄒陽〈酒賦〉、公孫乘〈月賦〉、羊勝〈屏風賦〉、鄒陽〈几賦〉，卷五「鄒長倩贈遺有道」條所記鄒長倩書信，都保存了作品的全貌。

第四，記述能工巧匠高超、精湛的技藝及其出色的工藝作品，表現了這些能工巧匠的聰明才智。如卷一「昭陽殿」條，記匠人丁緩、李菊，主持修建的昭陽殿金碧輝煌，巧奪天工；卷二「作新豐移舊社」條，記匠人胡寬，受高祖之命建造的新豐邑，模仿高祖故鄉豐邑的建築格局，竟達到了以假亂真的程度，以致從豐邑遷來的犬羊雞鴨「亦競識其家」。這些，都表現了當時建築師們傑出的建築水平。又如卷一「常滿燈／被中香爐」條所記，長安巧匠丁緩製作的常滿燈、被中香爐、九層博山香爐、七輪扇，亦真正稱得上是稀世傑作，特別是被中香爐，精巧絕倫，叫人嘆為觀止。這種香爐，盛放燃燒的香料後，置於被褥之中，可隨意滾動，但香爐的內芯部分，始終保持水平狀態，而不會使香火傾倒、散逸出來；其機械裝置與現代陀螺儀中的萬向支架完全相同。於此可見當時匠人的技藝非同一般。此外，像卷一「飛燕昭儀贈遺之侈」條，所記各種名貴的物器，如琥珀枕、雲母扇、琉璃屏風、七枝燈等，卷五「象牙簟」條所記象牙簟，卷六「玳瑁床」條所記玳瑁床等等，也都從側面映現了當時匠人高超不凡的工藝水平。

除上述四方面的內容外，《西京雜記》還記載了一些奇聞異事。如記濟北王劉興居叛亂之事的「旌旗飛天墮井」條（卷一），記高祖斬蛇劍光彩逼人的「劍光射人」條（卷一），記神異雷火的「雷火燃木得蛟龍骨」條（卷二），記勁捷可越七尺屏風的江都王劉非的「勁超高屏」條（卷四），記元帝皇后曾偶得燕銜之文石的「元后燕石文兆」條（卷四），記廣川王劉去盜發古墓之事的「廣川王發古冢」條（卷六）等等，都是屬於記奇聞異事一類的篇章。這些篇章往往通過誇飾的筆法，將所記之事，渲染得神祕玄妙無比，令人讀後，頗覺新奇，別有趣味。

由上面的概述、介紹看，《西京雜記》所載內容是較為繁雜、瑣細的，它似乎是一部供人飯後解悶的「閒書」、給人採作談資的「野史」，但如細究起來，這只能是一種皮相之見。《西京雜記》雖然不像官家正史那樣卷帙浩繁，筆法整飭，也不像高文典冊那樣正兒八經，一板一眼，但其所記所述，仍然具有較高的文史價值，對於從事文史研究的學人來說，不無助益。

首先，談談該書的史學價值。在史學方面，它的價值大致有三：

第一，《西京雜記》所載漢史材料，可用以彌補正史所記之不足或闕失。《西京雜記》係葛洪鈔錄漢晉之時百家短書雜記而成，而這些古籍至今已佚失不傳，其中所記賴《西京雜記》得以部分保存下來，故在今天顯得彌足珍貴，有的材料可以補正史記載之所闕或不足。如《西京雜記》卷二「百日成賦」條所記司馬相如創作賦文的有關情況，「酒脯之應」條所記劉邦當年押送徒役赴驪山時的一些細節；卷四「因獻命名」條所記大將軍衛青為其子起名改名的經過……，均為正史（如《史記》、《漢書》）所不載，故可為正史補闕。此外，正史所載不夠充分之處，《西京雜記》有時也能提供更豐富的材料予以補足。如《漢書・佞幸傳》於董賢受寵而起大宅之事，雖有所載，但較為粗略；而《西京雜記》卷四「董賢寵遇過盛」條，對此事就記述得較為完備、充分，故可為《漢書》補苴罅漏。

第二，《西京雜記》所載西漢史料，亦可與正史所載相互印證，彼此發明，從而為後人認識西漢歷史，提供最佳的參照和更廣闊的視野。如卷一「八月飲酎」、卷二「聞《詩》解頤」、卷三「鄧通錢文侔天子」等條所記內容，分別與《漢書》中〈景帝紀〉（包括張晏注）、〈匡衡傳〉、〈佞幸傳〉所記內容基本相同，可以相互印證，令今人能較容易地確定正史材料的可信程度。此外，《西京雜記》所載即使與正史所記有所出入，但有時亦可聊作一說，為後世讀者探求有關歷史真相開闢新的途徑，提供新的思維空間。如，王昭君出塞的原因，歷來是一個撲朔迷離的問題：正史或謂匈奴單于「自言願壻漢氏以自親，元帝以後宮良家子王牆字昭君賜單于」(見《漢書・匈奴傳》)；或謂「昭君入宮數歲，不得見御，積悲怨，乃請掖庭令求行」(見《後漢書・南匈奴傳》)。而《西京雜記》卷二「畫工棄市」條，乃記為昭君不願賄賂畫師，而畫師醜其形貌，終致元帝誤選錯遣。《西京雜記》此之所記，很難說就是千真萬確，但至少可以成為與上述異說並存的一家之言，為後人探究昭君出塞的內幕，提供另一種渠道。

第三，《西京雜記》所載漢史材料，可為今天的文物考古研究，提供有力的書面證明。如西元一九六八年在河北滿城中山王劉勝墓中，發掘出了一件錯金博山香爐，其「爐身和爐蓋的形狀，鑄成層層起伏的山嶽，其間有樹木、野獸和獵人，花紋用金絲鑲嵌，金絲有粗有細，細的有如毫髮，用以刻劃人物、動物、樹木、山峰的細部，製作得極其精緻」⑫。而《西京雜記》卷一「常滿燈/被中香爐」條，則有關於九層博山香爐的描述，所述與這類出土實物的情形基本相符。這樣，《西京雜記》作為書面文獻材料，就可為今人考證、辨別這類出土文物提供較可靠的依據。又如，《西京雜記》卷一「戚夫人歌舞」條有云：「夫人善為翹袖折腰之舞。」而近年在河南唐河縣針織廠，出土了一塊能形象地展示「翹袖折腰之舞」形態動作的西漢畫像石，其畫面上「舞者兩袖上翹之後正徐徐飄落，其曲線如起伏水波，細腰右微折，臀部偏左邊，身輕如燕，飄忽不定」⑬。這樣，《西京雜記》所載就可為今人辨識、

⑫ 見王仲殊《漢代考古學概說》第五五頁，中華書局一九八四年版。

⑬ 見國立故宮博物院《故宮文物月刊》民國八十三年第十期所載傳舉有文及圖片。

鑒定這類畫像石，提供古代文獻證明材料（今之文物考古研究者，正是據《西京雜記》所載，將此類畫像石，命名為「翹袖折腰之舞畫像石」⓮）。此外，像《西京雜記》卷一「送葬用珠襦玉匣」條所記金縷玉匣、卷一「常滿燈／被中香爐」條所記被中香爐，都可為我們今天考辨地下出土的金縷玉衣、被中香爐提供印證材料。

最後，我們再談談《西京雜記》的文學價值。從文學的角度看，其價值大致有四：

第一，該書所記有關西漢文壇及作家的趣聞軼事，可為今人研究、探討西漢文學提供頗有價值的參考資料。如從卷三「文章遲速」、「賦假相如」等條的記載中，我們可以考察司馬相如等著名作家的創作情況及其在當時的地位和影響；由卷三「〈大人賦〉」條所記，我們可以窺見西漢文士樂於獻賦這一文學現象；由卷三「長卿賦有天才」條所記，我們可以瞭解到漢人論賦、評賦的審美標準；由卷二「百日成賦」條所記相如論賦之言（即「合綦組以成文，列錦繡而為質。一經一緯，一宮一商，此賦之跡也；賦家之心，苞括宇宙，總覽人物」），我們可以得見漢代作家的文學主張和藝術經驗……。總之，《西京雜記》中，有關漢代作家言論、事跡的文字，可成為今之研究西漢文學的學者評論作家作品、探究文學現象所依憑的資料。

第二，《西京雜記》所保存的西漢時代的一些文學作品，可為後世文學研究者和古籍整理者提供寶貴的資料。《西京雜記》所載錄的西漢文人作品不在少數（詳前文所述），是一筆

⓮ 同⓭。

可觀的文學遺產，對後人進行有關研究、整理工作，大有裨益。後世的一些學者，正是憑藉這些，才在研究、整理工作上，做出了不少成績。如今人馬積高先生撰《賦史》，在評論漢代的一些辭賦作家時，就參閱了《西京雜記》所載錄的一些漢賦作品，從而使其論述更顯完美、周密；又如，清人嚴可均、今人逯欽立先生進行文學古籍的整理、輯佚工作時，亦參閱、採錄了《西京雜記》中記載的一些古詩文作品，這樣，令其整理、輯佚之事更趨周備（見嚴氏《全上古三代秦漢三國六朝文》、逯氏《先秦漢魏晉南北朝詩》）。

第三，《西京雜記》所記人、事、物，為後世文人的文學創作，提供了豐富的題材和藝術形象。就後世的文學創作看，一些文人常常把《西京雜記》作為藝術寶藏發掘、開採，將其所記人、事、物，或作為創作的素材，敷衍成篇；或用為典故，以充實作品的內容；或煉為詞藻，變作精粹、生動的藝術語言。如唐人杜甫〈秋興〉詩八首之七云：「昆明池水漢時功，武帝旌旗在眼中。織女機絲虛夜月，石鯨鱗甲動秋風。」此詩就是根據《西京雜記》卷一「昆明池養魚」、「玉魚動蕩」，卷六「昆明池舟數百」等條記載的內容創作出來的。因此，《四庫全書總目》說：《西京雜記》所述，「雖多為小說家言，而摭採繁富，取材不竭。……杜詩用事謹嚴，亦多採其語。詞人沿用數百年，久成故實，固有不可遽廢者焉」。又如《醒世恒言·蘇小妹三難新郎》有詩云：「強斧勝祖有施為，鑿壁偷光夜讀書。」其後句所用典故，即出自《西京雜記》卷二「聞《詩》解頤」條：「匡衡字稚圭，勤學而無燭。鄰舍有燭而不逮，衡乃穿壁引其光，以書映光而讀之。」再如，唐人杜牧〈少年行〉詩有云：「豪持出塞節，笑別遠山眉。」其中「遠山眉」一語，即是化用《西京雜記》卷二「相如死渴」條中「眉色如望遠山」一句。

第四，《西京雜記》的文學價值，還表現在它本身所具有的文學藝術性上。從文學的角度看，《西京雜記》的記人敘事，取得了很大的藝術成就，展示出了一些成功的藝術經驗。總體而論，《西京雜記》文字古樸平實，簡約不煩，但是敘述生動，描寫具體。首先，就記敘人物而言，它往往三言兩語，就能使人物窮形盡相，個性特點躍然紙上。如卷三「戚夫人侍兒言宮中樂事」條中「高祖思之，幾半日不言，嘆息悽愴」幾句平常而簡練的話，就把高祖當時在廢、立太子事上左右為難的心態及無可奈何的悲苦神情，表現得十分微妙、活脫。又如，卷二「畫工棄市」條云：「諸宮人皆賂畫工，……獨王嬙不肯。」其中一個「獨」字，就把王昭君剛正不阿的個性特徵，刻畫得十分鮮明、突出了。其次，就《西京雜記》記敘事件而論，最突出之點是有條不紊，委曲生動，有時還頗得鋪張揚厲之妙。如卷三「戚夫人侍兒言宮中樂事」條，按時間的順序，將宮中一年四季的樂事、趣事，娓娓敘來，雜而不亂，而且饒有情趣。又如，卷一「上林名果異木」、「飛燕昭儀贈遺之侈」等條，敘事上排比鋪陳，頗近漢大賦的敘述風格。再次，就狀物寫景看，《西京雜記》亦往往能以極簡省的語言，把客觀對象，描繪得栩栩如生，而且韻味十足。如卷一「太液池」條對池邊景物的描寫，細膩生動，清新明麗，富有詩一般的意境，讀之使人既能產生身臨其境之感，又能從中獲得美的享受。此外，《西京雜記》在記人敘事上，所使用的一些藝術手法，亦是較為成功的，足可為後人借鑒、效法。如書中「葉有一青一赤，望之班駁如錦繡」（卷一「終南山華蓋樹」條）、「文君姣好，眉色如望遠山，臉際常若芙蓉，肌膚柔滑如脂」（卷二「相如死渴」條）、「牛馬皆蜷縮如蝟」（卷二「雪深五尺」條）、「燈燃，鱗甲皆動，煥炳若列星盈室焉」（卷三「咸陽宮異物」條）等句，皆用比喻的手法，或寫人，或狀物，能給讀者以生動、形象的感受，收到了很好的藝術效果。又如，卷二「作新豐移舊社」條中「士女老幼，相攜路首，各知其室。放犬羊雞鴨於通塗，亦競識其家」幾句，既是用白描、鋪敘的手法，又是用側面烘襯的筆法，從而把新、舊豐邑相似的程度，表現得無以復加。再如，卷一「煉金為環」條寫戚夫人軀環「照見指骨」，「玉魚動蕩」條記石魚遇雷雨而鳴吼，「鬐尾皆動」，卷四「真算知死」條記安定嵩真神算之術等等，皆是用誇飾的筆法，使其字裏行間，充滿了一種奇幻玄誕的審美意趣。由此看來，魯迅所謂：「《西京雜記》在古小說中，亦意緒秀異，文章可觀」⓯，就洵非虛言了！

總而言之，《西京雜記》的文史價值，是多方面的；在此，僅舉其犖犖大端罷了。

三、關於《西京雜記》的版本

《西京雜記》經晉人葛洪之手編集而成後，開始並沒有得到廣泛流布，大約沈霾了兩百

⓯ 同❸。

多年。洪業先生在〈再說西京雜記〉一文中指出：「《西京雜記》曾經沈霾多年則倒似事實。裴松之《三國志注》、裴駰《史記集解》、劉昭《續漢志注》、劉峻《世說新語注》、酈道元《水經注》，都是極好繁徵博引的；而都不曾一度引《西京雜記》。」然則，《西京雜記》何時才得以廣播世間呢？結合現存古籍反映出的情況看，該書廣泛流傳於世，是唐以後的事情。如唐人李善注《文選》，徐堅編《初學記》，已開始多引其文。特別是明清兩代，校刊古籍、編輯叢書之風盛行，使該書的流傳更為普遍，知名度越來越高。

《西京雜記》自問世至今，已越千年。因其流傳的時間十分漫長，所以，其書的版本也較為複雜。由於種種歷史原因，宋代以前的《西京雜記》寫本或刻本，今已散亡不傳；就是宋代的刻印本，今天也難以見到。今所傳《宋板西京雜記》，實即刊於明嘉靖元年（西元一五二二年）的野竹齋本。這個本子，是現今所見到的該書最早的刊刻本，刊行者為沈與文。自此以後，明代的《西京雜記》刊刻本，日漸多了起來，較為著名的有：嘉靖壬子孔天胤刊刻本（今《四部叢刊》已將其影印收入），李栻《歷代小史》明刊本，萬曆商濬半埜堂校刊本，萬曆陝西布政使司重刻郭子章輯《秦漢圖記》本，萬曆程榮《漢魏叢書》校刊本，吳琯《古今逸史》校刊本，崇禎毛晉汲古閣《津逮祕書》本。清代，《西京雜記》的刊印本也有很多，較著名的有：順治陶氏宛委山堂《說郛》校刊本，《稗海》康熙振鷺堂刻本，乾隆馬俊良《龍威祕書》本，乾隆盧文弨《抱經堂叢書》校刊本，嘉慶張海鵬《學津討原》校刊本，光緒崇文書局《正覺樓叢刻》本。在上列諸種版本中，校勘較精，錯訛較少的善本，要數孔天胤刊刻本、《漢魏叢書》校刊本、《抱經堂叢書》校刊本等。

比較現存《西京雜記》的各種版本可知，各本不僅文字不盡相同，而且分卷亦有多寡之別。分卷的差別可能由來已久。就古代文籍著錄的情況看，明代以前的《西京雜記》，在分卷上本來就存有歧異。《隋書・經籍志》史部舊事類著錄《西京雜記》為二卷，《舊唐書・經籍志》史部舊事類著錄其書為一卷，《新唐書・藝文志》史部舊事類著錄其書為二卷，而陳振孫《直齋書錄解題》卷七傳記類則著錄為六卷。考今之所傳各本《西京雜記》，在分卷上與上舉各書著錄的情形相似，即有一卷、二卷、六卷之別。如，《歷代小史》本作一卷，《抱經堂叢書》本、《正覺樓叢刻》本等作二卷，《漢魏叢書》本、《津逮祕書》本、《學津討原》本等作六卷。六卷本最為常見。

我們此次給《西京雜記》作注譯，是以羅根澤先生整理、校勘過的《漢魏叢書》本為藍本（以下簡稱羅校本），又以此與其他一些重要版本比勘、對讀，凡遇有異文之處，擇善而從，並逕作校改，一般不出校記（為了便於讀者理解，只在個別地方作了校勘說明），以免冗雜。此外，我們還根據具體情況，對羅校本的某些篇章作了分段處理。如羅校本卷一「樂遊苑草木蟲魚」條，因其標題與正文內容不甚相符，故參照《說郛》本，將其一分為二，並以「樂遊苑」、「太液池」分別為其標目。另外，我們還基本上採用了羅校本各篇的標目（羅校本的標目大部分採自盧氏抱經堂本），只有少數篇章的標目，在如下幾種情況下作了變動：一是遇篇章有分割者，即另置新的標題，如上所舉「樂遊苑草木蟲魚」條分作兩章後，各另擬標題，即是其例；二是原本正文文字有所易改的，為使文、題相合，遂據他本改換了標題，如羅校本卷四「長嘯塵落瓦飛」條，今因其正文文字有所改動，故據《說郛》本將其標題改為「東方生」；三是原本標題過於籠統，題意不甚顯豁者，亦視正文內容對其作了更改，如卷六有七篇是寫廣川王發古冢事，羅校本統一標目為「記冢中事」，今嫌其籠統、抽象，作了改動；四是文、題本來不相符合的，亦對標題作了更改，如羅校本卷三「高帝侍兒言宮中樂事」這一標題中的「高帝」與正文所記明顯不合，故將其改作「戚夫人」。

最後，我們想附帶交代一下注譯工作中的有關情況。

《西京雜記》所載，涉及到了大量的名物制度、掌故史實，今天的讀者，對此如不參閱有關古文獻資料，以瞭解其本末原委及歷史背景，則很難理解得透徹。如卷一「送葬用珠襦玉匣」條所記「珠襦玉匣」，今人如果不參看《漢舊儀》等古籍的相關記載，就很難弄清這類玉匣究竟為何物，也就更難知曉此物即是今之出土的金縷玉衣。又如，對卷三「戚夫人侍兒言宮中樂事」條中「戚夫人侍高帝，嘗以趙王如意為言」云云，今人如果不熟悉有關戚夫人欲使高祖立如意為太子的背景材料，就很難理喻其所記到底何指。有鑒於此，我們在注釋過程中，援引了一些古代文獻材料及現代考古資料以相參證，意在盡量將有關名物典章、掌故史實的來龍去脈，解釋清楚。儘管這樣會使注釋文字略顯繁冗，但於讀者來說，應是有所助益的。所引文獻資料古奧難懂之處，我們以案語的形式在引文之中，或在引文之後，作了簡要的注釋；引文中的案語，一律加上圓括號，以區別於所引原文。至於本書的譯文部分，我們力求做到既忠實原文，又曉暢通達。

我們於本書雖然花費了不少心血、精力，但限於學識，難免有錯繆之處，故熱切希望廣大讀者不吝賜教。

曹海東

一九九五年四月

卷一

一　蕭何營未央宮

漢高帝七年❶，蕭相國營未央宮❷，因龍首山製前殿❸，建北闕❹，未央宮周迴❺二十二里九十五步五尺❻，街道周迴七十里。臺殿四十三：其三十二在外，其十一在後宮❼。池十三，山六❽。池一、山一，亦在後宮。門闥❾凡九十五。

【章旨】此章敘未央宮的修建年代、主建者以及未央宮的規模、格局，表現了未央宮的豪華壯美，顯示了大漢帝國恢宏的氣度。

【注釋】❶漢高帝七年　即西元前二〇〇年。漢高帝，即指漢高祖劉邦。高帝紀年，始於劉邦被封漢王之時。

❷蕭相國營未央宮　言蕭何主持營建未央宮。蕭相國，即蕭何，生年不詳，卒於西元前一九三年，沛縣（在今江蘇省境內）人。曾為沛縣吏。秦末，輔助劉邦起義，立有功勛。劉邦為漢王時，以蕭何為丞相。高帝十一年，劉邦拜蕭何為相國。營，建造。未央宮，漢長安城重要建築物之一，故址在今陝西西安西北郊長安故城西南部，漢時也稱西宮。宮成後，常為朝見之處。新莽末被毀。東漢、隋唐時曾重加修葺，後又毀於唐末。今有遺址可察。蕭何營建未央宮時，認為「天子以四海為家，非壯麗無以重威」（《史記・高祖本紀》），故將此宮建得壯觀無比。❸因龍首山製前殿　謂依傍龍首山建造了未央宮的前殿。因，依靠。龍首山，古山名，一名龍首原，在今陝西西安舊城北；起於渭水南岸漢長安故城，止於樊川，蜿蜒於滻河、灞河和渭水間，長達六十餘里。漢築長安城於該山北坡，未央宮等宮殿建築物皆依其坡勢而建。前殿，為未央宮的正殿，居未央宮之正中。據中國歷史博物館編《簡明中國文物辭典》（福建人民出版社版）介紹，未央宮前殿「現存地面上的基址，南北長約三百五十米，東西寬約二百米，最高處仍有十五米以上」。由此可以想見當年前殿規模之壯麗。❹北闕　指未央宮正門。闕，宮殿前面兩側的樓臺，中間有道路。❺周迴　周圍。❻二十二里九十五步五尺　此言未央宮四周之長度。里、步，均為古代長度單位，其所表示的長度與今有異。據《簡明中國文物辭典》載：未央宮四周有寬闊的宮牆，牆基寬二十米以上，宮牆周長八千八百米，面積約五平方公里。可見，本則所記宮牆之周長二十二里九十五步五尺，大致相當於今之八八〇〇米的長度。❼後宮　古代妃嬪所住的宮室。❽山六　謂人工堆聚的土山有六座。❾闥　宮中的小門。

【語　譯】漢高帝七年，相國蕭何主持建造未央宮，依著龍首山的山勢修建前殿和北闕。未央宮宮牆四周的長度為二十二里九十五步五尺，街道的周長有七十里。樓臺宮殿四十三座：其中三十二座在外，十一座在後宮。水池十三個，土山六座。其中有一池、一山也在後宮。宮中的小門一共有九十五個。

二　昆明池養魚

武帝❶作昆明池❷，欲伐昆明夷❸，教習水戰❹。因而於上游戲養魚，魚給❺諸陵廟❻祭祀，餘付長安市❼賣之。池周迴四十里。

【章　旨】此章敘漢武帝開鑿昆明池的目的以及昆明池的各種功用。

【注　釋】❶武帝　即漢武帝劉徹，生於西元前一五六年，卒於西元前八七年。漢景帝之子，在位五十四年。❷昆明池　漢代人工湖，故址在今陝西西安西南郊灃水與潏水之間。據史載，武帝元狩三年（西元前一二〇年）秋，武帝遣發有罪之吏，仿昆明滇池挖鑿了此池。後因池水乾涸，此池在宋代變成了一片窪地。❸昆明夷　古少數民族名，漢時分布在今雲南省境內。夷，古代中原地區對異族的蔑稱。❹教習水戰　武帝開昆明池，其意首在操練水軍，以伐昆明國。見《漢書・武帝紀》顏師古注。❺給　供給；供應。❻陵廟　指帝王的墳墓和宗廟。❼長安市　長安城中的集市。市，集市；市場。

【語　譯】漢武帝時，開挖了昆明池，準備征伐昆明夷，便用來訓練在水上作戰的水軍。於是，又在池中游玩、養魚，所養之魚，提供給各陵廟祭祀時用，剩餘的就送到長安的集市上出賣。昆明池周圍的長度有四十里。

五　天子筆

天子筆管❶，以錯寶為跗❷，毛皆以秋兔之毫❸，官師❹路扈❺為之。以雜寶為匣❻，廁以玉璧、翠羽❼，皆直❽百金。

【章　旨】此章記天子筆管及筆匣的豪華、精美與貴重。

【注　釋】❶筆管　即筆桿。❷以錯寶為跗　謂筆桿的下端是鑲嵌金銀的寶石做成。錯寶，指在寶石上鑲嵌金銀等物的絲片，以作紋飾或銘文。跗，本義為腳背，此指筆桿下段承載筆毛的部分。❸秋兔之毫　兔子在秋季更換過了的毛，柔細而有彈性，製筆甚佳。毫，毛。❹官師　官吏之長。此指掌管工匠的人。❺路扈　人名，生平未詳。❻以雜寶為匣　以各種寶石做成筆盒。雜寶，形形色色的寶石。❼廁以玉璧翠羽　謂雜寶所為之匣，另安置有玉石、翠羽作裝飾。廁，加入。玉璧，一種平而圓，中心有孔的玉器。翠羽，翡翠鳥的羽毛。此種羽毛有紅、綠、藍等顏色，很是豔美。❽直　同「值」。

【語　譯】天子的筆桿，以鑲嵌金銀的寶石做成筆端，筆毫採用的是秋天兔子身上的毛，由工匠的領頭人路扈製作。用各種寶石拼製成筆盒，又加用玉璧和翡翠鳥的羽毛予以裝飾，這些都值一百斤黃金。

六 几被以錦

漢制：天子玉几❶，冬則加綈錦❷其上，謂之綈几。以象牙為火籠❸，籠上皆散華文❹，後宮則五色綾文❺。以酒為書滴❻，取其不冰❼；以玉為硯，亦取其不冰。夏設羽扇❽，冬設繒扇❾。公侯皆以竹木為几，冬則以細罽為橐❿以憑之，不得加綈錦。

【章旨】此章記漢朝制度對天子等人的器用規格的有關規定，顯示了封建社會中等級制度的森嚴。

【注釋】❶玉几　以玉石裝飾成的小桌子。此器矮小，用以陳放物品或依靠休息。玉几在古代多為天子所用。❷綈錦　一種厚實、光滑並有彩色圖案的絲織品。❸火籠　古代一種罩在熏爐上的籠子，供取暖或熏衣物時用。❹華文　同「花紋」。❺綾文　綾布上的花紋。綾，一種薄而柔的絲織品，上面織有飾紋。❻書滴　磨墨所用之水滴。❼冰　凝凍。❽羽扇　以鳥羽裝飾成的長柄大扇。古代通常是以野雞的尾羽為之，用以障遮風塵。❾繒扇　用絲織品製成的障扇。繒，絲織品的統稱。❿以細罽為橐　以氈子之類的毛織品做成袋套。罽，一種毛織品，即氈子之類。橐，一種無底口袋。

【語　譯】漢朝的制度：天子用的玉几，到了冬天，就在上面加蓋厚實、平滑的彩色絲錦，稱為綈几。用象牙做成火籠，火籠上都散布花紋。後宮所用的火籠，上面則為五色綾紋。天子用酒作磨墨的水滴，是取用酒不易凝凍的優點；用玉石作硯盤，也是取用它磨墨不凍的長處。夏天設置長柄羽扇，冬天設置絲綢障扇。公卿諸侯都用竹木製作几桌，到了冬天，就用細毛織品做成袋套罩在上面，用以倚靠，而不能在几上鋪設厚實、平滑的絲錦。

七 吉光裘

武帝時，西域❶獻吉光裘❷，入水不濡❸，上❹時服此裘以聽朝❺。

【章　旨】此章記述漢武帝吉光裘的來源及其奇異之處。

【注　釋】❶西域　地域名，起於漢代，指玉門關以西，巴爾喀什湖以東及以南的廣大地區。後世以葱嶺以西諸國為西域。❷吉光裘　用神馬吉光的皮毛做成的皮衣，放入水中數日都不會下沈，丟進火裏也不會燒焦。吉光，傳說中的一種神馬，又名騰黃。今有成語「吉光片羽」，即謂此馬。❸濡　濕。❹上　皇上，此指漢武帝。❺聽朝　帝王主持朝會，處理政務。

【語　譯】漢武帝時，西域貢獻的吉光皮衣，放進水裏不濕，皇上時常穿著這件皮衣上朝處理政務。

八 戚夫人歌舞

高帝戚夫人❶善鼓瑟擊筑❷。帝常擁夫人倚瑟而絃歌❸。畢，每泣下流漣❹。夫人善為翹袖折腰之舞❺，歌〈出塞〉、〈入塞〉、〈望歸〉之曲❻。侍婦❼數百皆習之。後宮齊首❽高唱，聲入雲霄。

【章　旨】此章描述高帝戚夫人能歌善舞的情狀，表現了她非凡的藝術才能。

【注　釋】❶戚夫人　漢高祖劉邦的寵妃，所生之子名劉如意，封趙王。戚夫人曾欲使劉邦廢太子劉盈（劉邦之子，為呂后所生）而立如意代之，因此深為呂后所恨。高祖死，呂后將她斬去四肢、挖掉眼睛、燻聾耳朵、灌以啞藥，然後置之於廁所，謂之「人彘」。事見《史記・呂太后本紀》及《漢書・高祖呂皇后傳》。❷鼓瑟擊筑　鼓，彈奏。瑟，一種撥弦樂器，春秋時代就已流行。擊，敲擊。筑，古擊弦樂器，形狀似箏，頸細肩圓，有十三根弦，弦下設柱。演奏時，左手扼頸，右手以竹尺擊弦。❸倚瑟而絃歌　謂配合著瑟弦所發出的聲音而歌唱。倚，伴隨。絃歌，配合瑟、琴等弦樂器歌唱。❹流漣　哭泣流淚的樣子。❺翹袖折腰之舞　一種舉袖、彎腰的舞姿。❻出塞入塞望歸之曲　漢橫吹曲名。據《晉書・樂志》及《樂府詩集》載，漢武帝時，李延年根據胡曲，曾更造新聲二十八解，內有〈出塞〉、〈入塞〉等曲，魏晉以後全部失傳。❼侍婦　即侍婢。本或作「侍婢」。❽齊首　齊同之意。

【語　譯】漢高祖劉邦的寵妃戚夫人，很會彈奏弦瑟，敲擊筑樂。高祖常常摟抱著戚夫人，配合著瑟樂歌唱。唱罷，戚夫人總是哭泣得眼淚汪汪。戚夫人還擅長跳舉袖曲腰的舞蹈，唱〈出塞〉、〈入塞〉、〈望歸〉等歌曲。侍女幾百人也都學著歌唱。後宮裏眾人齊聲高唱時，聲音響徹天空。

九　煉金為環

戚姬❶以百煉金❷為彄環❸，照見指骨❹。上惡之，以賜侍兒❺鳴玉、耀光等各四枚。

【章　旨】此章敘高祖寵姬戚夫人，將首飾彄環賜予侍婢之事。

【注　釋】❶戚姬　即戚夫人。姬，古代對婦女的美稱，後又用以指稱妃、妾。❷百煉金　久煉而成的優質金，純度很高。❸彄環　一種環類首飾。❹指骨　手指之骨。此處所言「照見指骨」，當為誇飾之語。❺侍兒　即指侍婢。

【語　譯】戚夫人用久煉而成的精金做了彄環，這環子能照得見手指中的骨頭。皇上很厭惡這種彄環，戚夫人便把它們賜給了侍女鳴玉、耀光等人，每人得了四枚。

一〇 魚藻宮

趙王如意❶年幼，未能親外傅❷，戚姬使舊趙王❸內傅❹趙媼傅之，號其室曰養德宮❺，後改為魚藻宮❻。

【章　旨】此章敘戚夫人為兒子如意請外傅、改宮號之事，體現了她對兒子的偏愛和厚望。

【注　釋】❶趙王如意　即趙隱王劉如意，為戚夫人所生。《漢書・趙隱王劉如意傳》：「趙隱王如意，（高祖）九年立。（趙王）四年，高祖崩，呂太后徵王到長安，鴆（案指毒酒）殺之。」❷外傅　教師。❸舊趙王　當是指張耳之子張敖。見《漢書・張耳傳》。❹內傅　即媬姆。別於外傅而言。❺養德宮　漢宮名，在甘泉宮內。見《三輔黃圖》。❻魚藻宮　此宮之名取用《詩經・小雅・魚藻》詩句：「魚在在藻，依于其蒲；王在在鎬，有那其居。」舊說該詩是以周武王初都鎬京之樂反刺周幽王有荒淫誤國之禍。可見，戚夫人改宮號為魚藻，意在督勉如意以前人為鑒而有所作為。

【語　譯】趙王如意年紀尚小，還沒有受到老師的教導，戚夫人就讓曾給原趙王做媬姆的趙姓老婦教養他。戚夫人將趙王如意所居的宮室起名為養德宮，後來又改名為魚藻宮。

一一　縊殺如意

惠帝❶嘗與趙王同寢處❷，呂后❸殺之而未得。後帝早獵，王不能夙興❹，呂后命力士於被中縊殺❺之。及死，呂后不之信。以綠囊❻盛之，載以小輧車❼入見，乃厚賜力士。力士是東郭門外官奴❽。帝後知，腰斬❾之。后不知也。

【章　旨】本章記呂后派人縊殺如意的經過，表現了呂后的陰險毒辣以及惠帝的仁慈軟弱。

【注　釋】❶惠帝　即漢惠帝劉盈，劉邦之子，為呂后所生。生於西元前二一〇年，卒於西元前一八八年。曾在位執政七年。❷嘗與趙王同寢處　據《漢書・高祖呂皇后傳》載：高祖劉邦死後，呂后派人召趙王如意回長安。惠帝為人心地善良，得知如意要回長安，便親自到長安城外迎接；如意入宮後，惠帝又同「與起居飲食」。❸呂后　名雉，字娥姁，生於西元前二四一年，卒於西元前一八〇年。為漢高祖皇后。其子劉盈即位後，她曾掌握了朝中實權；劉盈死，她又臨朝執政。❹王不能夙興　謂趙王早晨未能起床。夙，早上。興，起來。❺縊殺　用繩索勒死。《漢書・高祖呂皇后傳》：「太后伺其獨居，使人持鴆（案指毒酒）飲之。」所記與本則所載不同。❻綠囊　綠色口袋。❼輧車　古代婦女乘坐的一種四周有障帷的車子。❽東郭門外官奴　東郭門，漢長安城東出北頭的第一門，一名宣平門，民間又稱東都門。官奴，因犯罪或受株連而被沒入官府為奴的人。❾腰

斬 古代酷刑之一。行刑時，將犯人肢體斬為兩截。

【語 譯】漢惠帝劉盈曾經與趙王如意在一起生活，呂后想殺害如意，但沒有成功。後來有一天，惠帝起早打獵去了，趙王如意早晨沒有起床，呂后便派了一個大力士，將如意勒死在被褥之中。等到如意死了，呂后還不相信。力士就用一個綠色口袋，裝了如意的屍體，用女人坐的那種有帷布遮蔽的小車拉著去見呂后，呂后便重賞了力士。這個大力士是東郭門官府的奴隸。惠帝後來知道了，就腰斬了力士。這件事，呂后不知道。

一六　七夕穿針開襟樓

漢彩女❶常以七月七日❷穿七孔針❸於開襟樓❹，俱以習之❺。

【章　旨】本章記載漢代宮女七月七日穿針乞巧的習俗。

【注　釋】❶彩女　也作「采女」。宮女中的一類。後亦以「采女」泛指宮女。❷七月七日　古代民間傳說認為，夏曆七月七日夜（即所謂「七夕」），是牛郎、織女二神星相會天河之時。後民間由此衍生出了乞巧、祈福等風俗。❸穿七孔針　古俗：婦女於牛郎、織女相會的七夕之夜，結線穿針（多為七孔針）以乞巧。古時，宮中亦流行此俗；至南齊時，武帝還特地修建層城觀，供宮中婦女七夕登之穿針，故此觀又稱穿針樓。參閱陳元靚《歲時廣記》卷二六。❹開襟樓　樓閣名，也稱「開襟閣」，在未央宮掖庭內，為漢宮女所居之處。參見本卷「掖庭」條所記。❺習之　《太平御覽》卷三一引此作「習俗也」。其意當是說，七夕穿針成了宮中的習俗。《事物紀原》有云：「今七夕望月穿針，以綵縷過者為得巧之候，其事蓋始於漢。」

【語　譯】漢朝的宮女們常常於每年的七月七日，在開襟樓上穿七孔針，並都以此為習俗。

一七　身毒國寶鏡

宣帝❶被收繫郡邸獄❷，臂上猶帶史良娣❸合彩婉轉絲繩❹，繫身毒國❺寶鏡一枚，大於八銖錢❻。舊傳此鏡照見妖魅，得佩之者為天神所福❼，故宣帝從危獲濟❽。及即大位❾，每持此鏡，感咽移辰❿。常以琥珀笥⓫盛之，緘以戚里織成錦⓬，一曰斜文錦。帝崩⓭，不知所在。

【章　旨】本章寫漢宣帝在身毒國寶鏡的護佑下，轉危為安、消災得福的傳奇故事。同時也表現了宣帝對該寶鏡的珍愛之情。

【注　釋】❶宣帝　即漢宣帝劉詢，漢武帝曾孫，生於西元前九一年，卒於西元前四九年。西元前七四年至西元前四九年在位。❷被收繫郡邸獄　收繫，逮捕並拘禁。郡邸獄，為懲治天下郡國犯有罪過的使臣而設置的牢獄。據《漢書・戾太子劉據傳》載，武帝晚年多病，疑是左右人用詛咒及埋木偶於地下的巫蠱之術所致。宮中典治巫蠱的大臣江充，其時與太子劉據不和，便乘機陷害劉據，誣說劉據宮中埋有木人。劉據大懼，於征和二年（西元前九一年）七月殺江充，武帝發兵追捕。劉據亦興兵抗拒，激戰五日，劉據兵敗自殺。於是，其家人受到迫害，年幼的劉詢也被囚禁。「被收繫郡邸獄」，即指此事。❸史良娣　戾太子劉據之妾。史，姓。良娣，官名。❹合彩婉轉絲繩　一種織有彩色花紋的絲繩，為古代壓勝物兼飾物。又稱五彩絲、五色絲、延年縷、辟兵繒等。古代端午節，婦女、兒童們將此物拴於手臂手腕，或掛於胸前，以消災避禍。佩繫這種絲繩的習俗傳至後代，略有變化：佩繫的人，不只限於婦女、兒童，時間也不限於五月端午。現今某些地區還延存著此類風俗，如安徽淮北地區小孩繫拴花線，即其遺風。❺身毒國　古印度的別譯。❻八銖錢　古錢幣名。秦代有半兩錢，漢以其太重，更鑄莢錢，亦稱榆莢錢，重三銖。至呂后年間，又患其太輕，乃行八銖錢。銖，古重量單位。❼福　保佑。❽從危獲濟　在危難中得到解救。此指宣帝劉詢得廷尉監邴吉之助，而保全性命的事。見《漢書・宣帝紀》。❾大位　皇位。❿感咽移辰　言長久地低聲感嘆。移辰，本意謂時辰交替、移換。此言時間長久。辰，時辰，一時辰略等於今兩小時。⓫琥珀笥　用琥珀裝飾的竹箱（盒）。琥珀，植物（一般為松柏）樹脂的化石，蠟黃或紅褐色，一般透明，質優的可用作裝飾品。笥，盛飯或裝衣用的竹器。⓬緘以戚里織成錦　謂以戚里出產的織成錦包封寶鏡。緘，封閉。戚里，里名，在漢長安城內，為帝王姻戚所居之處。織成錦，古代一種名貴的絲織品，以彩色金絲線織成。又名「織成」。⓭崩　古代帝王或王后死稱崩。

【語　譯】漢宣帝被逮捕，拘禁在為懲治郡國的罪臣而設的監獄裏，他的手臂上還繫著他祖母史良娣的彩色宛轉絲繩，繩上繫有印度寶鏡一枚，鏡面比八銖錢大。過去傳說這枚鏡子能照見妖魔鬼怪，佩帶它的人能得到天神的護佑。因此，宣帝在危難中得到了解救。等到登上皇位後，他每次拿起這枚寶鏡，總要感慨沈吟半天。他曾用琥珀裝飾的竹盒來裝放寶鏡，並用戚里出產的織成錦包裹它。織成錦又名斜紋錦。宣帝死後，這枚寶鏡就不知落到什麼地方了。

一八 霍顯為淳于衍起第贈金

霍光妻❶遺淳于衍蒲桃錦❷二十四匹❸，散花綾❹二十五匹。綾出鉅鹿陳寶光❺家，寶光妻傳其法。霍顯召入其第❻，使作之。機用一百二十鑷❼。六十日成一匹，匹直萬錢❽。又與走珠一琲❾，綠綾百端❿，錢百萬，黃金百兩，為起⓫第宅，奴婢不可勝數。衍猶怨曰：「吾為爾成何功⓬，而報我若是哉！」

【章　旨】此章寫霍光之妻霍顯，以大量的錢物報答曾助其女兒登上皇后位置的宮中女醫淳于衍，顯示了當時宮廷內部的黑暗與醜惡。

【注　釋】❶霍光妻　即霍顯，霍光的續弦妻。霍光，字子孟，霍去病異母弟。武帝時，為奉車都尉。昭帝八歲即位，霍光以大司馬大將軍受遺詔輔政，封博陸侯，權重一時。執政二十年，族黨滿朝，威勢令昭、宣二帝畏懼。後宣帝親政，收其兵權，夷其親族。❷遺淳于衍蒲桃錦　遺，贈送。淳于衍，人名，宮中女醫，很得霍顯喜愛，常入宮侍皇后疾。霍顯欲使自己的小女成君入宮立為皇后，曾授意淳于衍下毒，害死了臨產病重的許皇后。許皇后死，成君被立為孝宣皇后。毒殺許后之事敗露，淳于衍曾被收繫詔獄，後經霍光從中周旋，得以釋放。蒲桃錦，一種織有蒲桃花紋的絲織品。蒲桃，同「葡萄」。❸匹　計算布帛的長度單位。古以四丈為一匹。❹散花綾　一種有疏散花紋的彩色絲織品。❺鉅鹿陳寶光　鉅鹿，古郡縣名，秦置，漢代因之。治所在今河北平鄉境內。陳寶光，人名，生平未詳。❻第　房宅。古代帝王賜予臣下的房宅，有甲乙次第之別，故稱這種房宅為第。後也泛指富貴人家的大宅。❼鑷　同「躡」。織機上的踏板，又稱「牽挺」。❽直萬錢　直，同「值」。此處「錢」指銅錢。❾走珠一琲　走珠，珠之一種。見沈懷遠《南越志》。琲，珠串子。古以十貫珠為一琲。❿端　古布帛長度單位，絹稱匹，布曰端。絹以四丈為一匹，布以六丈為一端。⓫起　興建。⓬吾為爾成何功　淳于衍所謂「功」，指她以毒藥殺死許皇后，而促成成君為皇后之事。

【語　譯】霍光的妻子霍顯贈送給淳于衍蒲桃錦二十四匹、散花綾二十五匹。散花綾出自鉅鹿陳寶光家，陳寶光的妻子繼承了祖傳的織綾技法。霍顯把她召進自己的大宅，讓她織散花綾。織機上用一百二十個腳踏板，六十天織成一匹，每匹價值一萬錢。又給淳于衍送了走珠十貫、綠色綾布一百端、銅錢一百萬、黃金百兩，還給她興建了大第宅，送給她的奴婢，多得數也數不完。淳于衍還抱怨說：「我給你辦成的是什麼事，而報答我的，竟是這麼點東西！」

一九　旌旗飛天墮井

濟北王興居反❶，始舉兵❷，大風從東來，直吹其旌旗❸，飛上天入雲，而墮❹城西井中；馬皆悲鳴不進。左右李廓❺等諫，不聽。後卒自殺。

【章旨】此章記述濟北王興居叛軍出師時，所遇到的不祥之兆，寓有濃厚的迷信色彩。

【注釋】❶濟北王興居反　濟北王，即劉興居，漢高祖長子齊悼惠王劉肥之子，迎立文帝時立有大功；文帝前元二年（西元前一七八年）被封為濟北王。文帝前元三年，興居得知文帝到達太原，並「欲自擊匈奴」，便乘機起兵反叛。反，反叛。❷舉兵　發兵；起兵。❸旌旗　古代對旗的通稱。此指軍旗。❹墮　落下。❺左右李廓　左右，在旁侍候的近臣。李廓，人名，生平未詳。

【語譯】濟北王劉興居謀反，剛起兵的時候，有一陣大風從東面吹來，直接吹到了他的軍旗上，把旗子吹得飛上了天，進入了雲霄，然後飄落在城西的井中。戰馬也都悲淒地鳴叫起來，不願前行。劉興居的侍臣李廓等人，勸他不要起兵反叛，但他沒有聽從。後來終於兵敗自殺。

二〇　弘成子文石

五鹿充宗❶受學於弘成子❷。成子少時❸，嘗有人過❹之，授以文石❺，大如燕卵。成子吞之，遂大明悟❻，為天下通儒❼。成子後病，吐出此石，以授充宗，充宗又為碩學❽也。

【章　旨】本章記載漢代弘成子、五鹿充宗，口吞文石而成碩學鴻儒的傳說故事。

【注　釋】❶五鹿充宗　五鹿，複姓。春秋時，晉公子重耳封舅犯於五鹿邑（在今河南濮陽境內），子孫遂以邑為姓。五鹿充宗，字君孟，為西漢經學大師，著有《周易略說》三篇。元帝時，官至少府，頗有權勢，後失寵，被貶為玄菟太守。為人能言善辯。❷弘成子　人名，西漢學者，生平未詳。❸少時　年幼之時。❹過　拜訪。❺文石　有花紋的石頭。文，同「紋」。❻明悟　聰明慧悟。❼通儒　指博學多聞、通曉古今而又善於適時通變的儒者。❽碩學　學問淵博的大學者。

【語　譯】五鹿充宗拜弘成子為師學習。弘成子年紀很小的時候，曾經有人探望他，送給他一枚有花紋的石頭，這石頭有燕子蛋那麼大。成子吞下這枚石頭，便變得十分聰慧，成了天下學識淵博、通曉時務的儒學大師。成子後來得病，吐出了這枚石頭，把它送給了充宗，充宗吞下石頭後，也成了一位大學士。

二一　黃鵠歌

始元元年❶，黃鵠下太液池❷。上❸為歌曰：「黃鵠飛兮下建章❹，羽肅肅兮行蹌蹌❺，金為衣兮菊為裳❻；唼喋荷荇❼，出入蒹葭❽，自顧菲薄❾，愧爾嘉祥❿。」

【章旨】此章記漢昭帝見黃鵠飛下建章宮太液池而作〈黃鵠歌〉一事，表現了昭帝的激動、欣喜之情。

【注釋】❶始元元年　即西元前八六年。始元，漢昭帝劉弗陵年號。❷黃鵠下太液池　事見《漢書・昭帝紀》。黃鵠，鳥名，又名「天鵝」。古以黃鵠為吉祥鳥。太液池，見本卷「太液池」條所注。❸上　皇上，此指漢昭帝。❹建章　即建章宮，故址在今陝西西安西北郊。❺羽肅肅兮行蹌蹌　肅肅，鳥之羽翼振動的聲音。蹌蹌，飛躍騰舞的樣子。❻金為衣兮菊為裳　言黃鵠身上的羽毛，上為金黃色，下為菊黃色。衣、裳，古時分別指上身與下身的服裝。此處以衣、裳分指黃鵠上身與下身的羽毛。❼唼喋荷荇　唼喋，魚或水鳥吃食。荷荇，蓮荷與荇菜。荇，一種水生植物，又稱莕菜。❽蒹葭　初生的蘆葦。❾菲薄　淺陋無才也。❿嘉祥　謂吉祥的瑞應。案：昭帝以黃鵠飛臨為祥瑞，是因為當時的王朝崇尚五行中的土，而土為黃色的緣故。見《漢書・昭帝紀》。

【語譯】始元元年，有黃色的天鵝飛到太液池。昭帝作了一篇歌辭：「天鵝飛來啊落在建章宮，鼓動羽翅啊騰跳起舞，上身金色啊下身菊黃。在蓮荷、荇菜中覓食，在新生的蘆葦裏進出。我自己覺得德才微薄，愧對你這天鵝帶來的吉祥之兆。」

二二　送葬用珠襦玉匣

漢帝送死❶，皆珠襦玉匣❷。匣形如鎧甲❸，連以金縷❹。武帝匣上，皆鏤❺為蛟、龍、鸞、鳳、龜、麟❻之象，世謂為蛟龍玉匣。

【章　旨】本章記述漢代帝王死後殮葬所用的金縷玉衣。

【注　釋】❶漢帝送死　《北堂書鈔》卷九四引作「帝及侯王送死」。送死，本指為死去的父母辦喪事。本則此處指帝王喪葬之事。❷珠襦玉匣　皆為帝、王所用的殮服。珠襦，以珠玉裝飾的短襖。玉匣，即玉衣，也作「玉柙」。西元一九六八年，在河北滿城發掘了漢中山王劉勝夫婦墓，兩屍皆著「金縷玉衣」，各衣由兩千餘玉片縫綴成；玉片四角有小孔，用以穿金絲。本則所記與此出土實物的情形正好吻合，故本則所記「玉匣」，實即金縷玉衣。❸鎧甲　古代戰士用以護身的甲衣，一般用金屬片連綴而成。❹連以金縷　謂以金絲縫合。❺鏤　雕刻。❻蛟龍鸞鳳龜麟　蛟，古代傳說中的一種蛇形動物，屬龍類，能發洪水。見《山海經・中山經》。鸞、鳳，即鸞鳥、鳳凰，均為古代傳說中的神鳥。鸞，形似長尾野雞，身有五彩紋。麟，古代傳說中的仁獸名。其狀為麋身、牛尾、狼蹄、一角。

【語　譯】給漢代皇帝辦喪事，都用珠寶裝飾的短襖和金縷玉衣作殮服。玉衣的形狀，像戰士的鎧甲，用金絲將玉片連合起來。武帝的金縷玉衣上面，都刻有蛟、龍、鸞、鳳、龜及麟類動物的圖像，世人稱之為蛟龍玉匣。

二三 三雲殿

成帝❶設雲帳、雲幄、雲幕❷於甘泉紫殿❸，世謂三雲殿。

【章旨】此章介紹甘泉紫殿又名「三雲殿」的由來。

【注釋】❶成帝　即漢成帝劉驁，元帝劉奭的長子，西元前三二年至西元前八年在位。在位時，沈迷於酒色，寵幸外戚王氏，導致王莽篡位。見《漢書・成帝紀》。❷雲帳雲幄雲幕　帳，用布幔自上而下覆蓋成的布篷，但其內部空間不一定為方形。幄，一種用布圍成四方形以象宮室的帳篷。幕，指覆蓋在帳篷頂上的布幅。在漢代，帝王出宮舉行祭祀、狩獵等活動，有人為其張設帳、帷、幄。《藝文類聚》卷六九引《漢舊儀》云：「祭天有紺幄帳。」本則所記帳、幄、幕，均以「雲」字為其修飾字，大概是因為這三物之上，飾有雲氣般的熊虎等紋圖的緣故。而器物飾以雲氣般的圖像，當是為了通神避邪。❸甘泉紫殿　甘泉，宮名，故址在今陝西淳化西北。見顧炎武《歷代宅京記》卷四。紫殿，殿名，在甘泉宮中。漢成帝在甘泉宮舉行祭祀儀式時，曾親臨過紫殿。見《漢書・成帝紀》。

【語譯】漢成帝在甘泉宮紫殿中，施設了雲帳、雲幄、雲幕，世人又稱紫殿為三雲殿。

二四 掖庭

漢掖庭❶有月影臺、雲光殿、九華殿、鳴鸞殿、開襟閣、臨池觀❷，不在簿籍❸，皆繁華窈窕之所棲宿焉❹。

【章　旨】本章介紹漢代掖庭宮中的樓臺殿閣及其居住者。

【注　釋】❶掖庭　宮名，在未央宮內，為後宮嬪妃宮女所居之處。因宮在天子居處兩旁，如腋肘，故名。❷觀　宮中高大華麗的樓臺。❸簿籍　用以登記的冊簿，此指嬪妃名冊。古代帝王擁有數量眾多的嬪妃宮女，而其等級有別，名號有異。西漢時，「帝母稱皇太后，祖母稱太皇太后，適稱皇后，妾皆稱夫人。又有美人、良人、八子、七子、長使、少使之稱號焉。至武帝制倢伃、娙娥、傛華、充依，各有爵位，而元帝加昭儀之號，凡十四等云」（《漢書‧外戚傳上》）。這十四類女性，多為帝王妃嬪，有爵位與職號，她們是可入名籍的。除這十四等人外，餘為沒有爵位的宮女，其姓名是不能入名冊的。❹皆繁華窈窕之所棲宿焉　《漢官儀》：「婕妤以下，皆居掖庭。」可見，居住掖庭者，不僅有「不在簿籍」的下層宮女，也有一部分是爵位不太高的在籍妃嬪。繁華，鮮花正開，此喻人年輕之時。窈窕，言容貌豔美。棲宿，本指鳥類止息，此處引申為居住。

【語　譯】漢代掖庭宮中有月影臺、雲光殿、九華殿、鳴鸞殿、開襟閣、臨池觀，那些姓名沒有記入簿冊、年輕美豔的宮女們，都居住在這裏。

二五 昭陽殿

趙飛燕女弟❶居昭陽殿❷，中庭彤朱❸，而殿上丹漆❹，砌皆銅沓黃金塗❺，白玉階，壁帶往往為黃金釭❻，含藍田璧❼，明珠、翠羽飾之。上設九金龍❽，皆銜九子金鈴❾，五色流蘇❿。帶以綠文紫綬⓫，金銀花鑷⓬。每好風日，幡旄光影⓭，照耀一殿；鈴鑷之聲，驚動左右。中設木畫屏風⓮，文如蜘蛛絲縷。玉几玉床，白象牙簟⓯，綠熊席⓰。席毛長二尺餘，人眠而擁毛自蔽，望之不能見，坐則沒膝，其中雜熏諸香，一坐此席，餘香百日不歇。有四玉鎮⓱，皆達照無瑕缺⓲。窗扉多是綠琉璃⓳，亦皆達照，毛髮不得藏焉。椽桷⓴皆刻作龍蛇，縈繞㉑其間，鱗甲分明，見者莫不兢慄㉒。匠人丁緩、李菊，巧為天下第一，締構㉓既成，向其姊子樊延年㉔說之，而外人稀知，莫能傳者。

【章　旨】本章敘趙飛燕姊妹所居之昭陽殿的富麗堂皇，以及殿中器物、用度的精美奢華，顯出了漢成帝對飛燕姊妹寵幸之至。

【注　釋】❶趙飛燕女弟　即趙飛燕的妹妹。趙飛燕，本長安宮人，長大後，被賣到陽阿主家學歌舞，因體態輕盈，故有「飛燕」之稱。一次，成帝私自出遊，在陽阿主處偶遇飛燕，心甚悅之，便召其入宮，後又召其妹入宮。姊妹甚得成帝寵愛，貴傾後宮。廢許皇后後，成帝遂立飛燕為皇后，封其妹為昭儀。平帝即位後，廢飛燕為庶人，飛燕乃自殺。綏和二年（西元前七年），成帝無疾而暴死，民間歸罪於飛燕妹趙昭儀，趙昭儀遂自殺。見《漢書・孝成趙皇后傳》。❷昭陽殿　又稱「昭陽舍」，在未央宮內。❸中庭彤朱　中庭，庭中。彤朱，朱紅色。❹丹漆　以紅漆塗刷。❺砌皆銅沓黃金塗　砌，門坎。銅沓，以銅包裹。沓，同「錔」。以金屬包套。黃金塗，謂以金塗於銅上。❻壁帶往往為黃金釭　壁帶，橫嵌在牆上的木條，狀似帶，故稱。釭，本指嵌在車轂中心用以穿軸的金屬環，此指套在壁帶上的環狀包皮。❼藍田壁　藍田出產的玉石。藍田，山名，在今陝西藍田東南，以出產美玉聞名。❽金龍　以黃金製作的龍。❾九子金鈴　一種金製飾物。其形制今難以詳考。據唐李商隱〈齊宮詞〉中的描寫，此物似可搖響。❿流蘇　用五彩羽毛或絲線製作的繐子，用作車馬、帷帳等的垂飾。⓫紫綬　紫色的絲帶，用以繫印環，或作飾物，是職位的一種標誌。漢代官制規定，不同的官職，當使用不同顏色及長度的綬帶；紫綬為丞相、上卿列侯所用。因「昭儀位視丞相，爵比諸侯王」（《漢書・外戚傳上》），所以飛燕之妹亦用紫綬。⓬鑷　金屬垂飾，常作花形。一說為鈴之一種。⓭幡旄光影　幡，通「旛」。旗幟。旄，竿頂飾以旄牛尾的旗。光影，猶言光輝。⓮木畫屏風　繪有彩畫的木質屏風。⓯簟　涼席，多以竹篾編製。古時富貴之人亦有以象牙為簟的。⓰綠熊席　以烏黑發亮的熊皮製作的墊席。古漢語常以「綠」言烏亮之色。如，以「綠雲」、「綠鬢」稱人之黑髮，即是其例。⓱玉鎮　玉製的鎮物器具，此指鎮席器。⓲達照無瑕缺　謂玉鎮通明剔透，沒有雜色點痕。⓳琉璃　見本卷「劍光射人」條所注。西元一九五三年，在廣東廣州西村出土過西漢琉璃璧，為深綠色。⑳椽桷　安置在檁子上，架屋頂擱瓦用的木條，圓者曰椽，方者曰桷。㉑縈繞　迴旋曲繞。㉒兢慄　謹戒畏懼。慄，害怕而發抖。㉓締構　建造。㉔其姊子樊延年　其，指代何人，不甚明瞭。姊子，姊姊的兒子。樊延年，人名，生平未詳。

【語譯】趙飛燕的妹妹，居住在昭陽殿，庭中一片彤紅，而且殿上也塗的是紅漆，登臨觀賞的高臺，都包上了鍍有黃金的銅皮，臺階用白玉砌成。牆壁上露出的帶狀橫木，全都是用黃金製成的環套加以包裹，環套之上嵌有藍田出產的美玉，還有明珠及翠鳥的羽毛作裝飾。橫木上安設了九條金龍，每條金龍的口裏都銜有九子金鈴，以及五彩顏色的垂穗。垂穗用有綠色紋飾的紫帶繫著，上面還有形作金銀花的花鑷。每當風和日麗的晴天，彩旗的光彩照亮了整個宮殿，金鈴及花鑷發出的響聲，驚動著殿中左右之人。殿中架設了彩繪的木質屏風，上面的花紋細得像蜘蛛吐的絲。還有玉几玉床，白色象牙涼席，烏黑熊皮製成的墊席。這種皮席上的熊毛長達二尺多，人睡臥時，摟著熊毛將身體遮蓋，遠處望去看不見人；坐在上面時，熊毛能掩蓋人的腿膝。熊皮席墊中混雜地薰著各種香料，在這席上坐一下，沾染在身上的香氣，百天之內都不會消失。席上有四塊玉製的鎮石，都是通明透亮，沒有一點斑痕。窗戶上的裝飾物多半是綠色琉璃，也都通明剔透，連細小的毛髮放在上面，都可以發現，掩藏不住。殿頂的椽木都雕有龍蛇的圖像，龍蛇曲旋地纏繞在椽木之上，鱗甲清晰可見，看到的人沒有不提心吊膽、恐懼害怕的。工匠丁緩、李菊，技藝在全國位居第一，昭陽殿建造完工後，僅向他姊姊的兒子樊延年，談過建殿的情況，但其他人很少知道，沒有人能承傳他們的技藝。

二六　珊瑚高丈二

積草池❶中有珊瑚❷樹，高一丈二尺，一本三柯❸，上有四百六十二條❹。是南越王趙佗❺所獻，號為烽火樹❻。至夜，光景❼常欲燃。

【章旨】此章記南越王趙佗所獻珊瑚樹的大小、形狀及神異的品質。

【注釋】❶積草池　池名，漢代上林苑中十五池（一說十池）之一。見《三秦記》。❷珊瑚　一種生活在海洋中的腔腸動物，體為圓筒形單體，或為多種形狀的群體。因其骨骼相連，狀似樹枝，故又有珊瑚樹之稱。其骨骼多由珊瑚外層分泌的石灰質堆積而成。珊瑚樹為古代名貴的裝飾品。❸一本三柯　本，株。柯，樹枝。❹條　枝條。❺南越王趙佗　南越，又作「南粵」。古國名，在今廣東、廣西及越南一帶。趙佗，也作「趙他」。真定（今河北正定）人，生年未詳，卒於西元前一三七年。秦末，南海尉任囂病死，趙佗被召作南海尉。秦滅，佗自立為南粵武王。漢高祖十一年，漢朝遣陸賈立佗為南粵王。高后時，佗自尊號為南武帝。文帝即位後，鎮撫天下，趙佗畏懼，去帝號，願長為藩臣。南粵傳至第五代，於武帝時被漢滅。見《漢書・兩粵傳》。❻烽火樹　烽火，古代邊防報警的信號，以在高臺上燃放煙火為之。白天放煙叫「烽」，夜間舉火叫「燧」。由於珊瑚內部中膠層形成的珊瑚骨骼，多為紅色，且呈放射狀，形若火焰，所以又被稱作「烽火樹」。❼光景　光彩；光焰。

【語譯】積草池中有一棵珊瑚樹，高達一丈二尺。整棵樹上有三根枝椏，枝上有四百六十二根小枝條。這是南越王趙佗進獻的，被稱作烽火樹。每到晚上，珊瑚樹上放出的光芒，總像是要燃燒起來一樣。

二七　玉魚動蕩

昆明池❶刻玉石為鯨魚❷，每至雷雨，魚常鳴吼，鬐尾❸皆動。漢世祭之以祈雨，往往有驗。

【章　旨】此章描述昆明池石鯨遇雨而動的奇異情景，很有傳奇色彩。

【注　釋】❶昆明池　池名，見本卷「昆明池養魚」條所注。❷刻玉石為鯨魚　此事亦見於《三輔故事》、《三輔黃圖》等書。鯨魚，一種水棲哺乳類動物，外形似魚，大者有三十多米長，小者只一米左右，頭大眼小，前肢呈鰭狀。漢代昆明池石鯨今尚存於世，收藏在今陝西省博物館內。❸鬐尾　即魚類的尾鰭。鰭為魚類的運動器官，俗語往往稱之為魚翅。因生長的部位不同，鰭有背鰭、尾鰭、胸鰭等分別。

【語　譯】昆明池有玉石雕刻成的鯨魚，每到響雷下雨的時候，石鯨就總是鳴叫起來，尾鰭也都跟著擺動。漢朝時，人們祭祀石鯨以求雨，常常可以應驗。

二八　上林名果異木

初修上林苑[1]，群臣遠方[2]，各獻名果異樹，亦有製為美名，以摽奇麗[3]者。梨十：紫梨[4]、青梨實大、芳梨實小、大谷梨[5]、細葉梨、縹葉梨[6]、金葉梨出琅琊王野家，太守王唐所獻[7]、瀚海[8]梨出瀚海北，耐寒不枯、東王梨[9]出海中、紫條梨。棗七：弱枝棗、玉門棗[10]、棠棗、青華棗、樗棗[11]、赤心棗、西王母棗出崑崙山[12]。栗四：侯栗[13]、榛栗[14]、瑰栗、嶧陽栗嶧陽都尉曹龍所獻[15]，大如拳。桃十：秦桃[16]、榹桃[17]、緗核[18]桃、金城桃[19]、綺葉[20]桃、紫文桃、霜下桃霜下可食、胡桃[21]出西域、櫻桃、含桃[22]。李十五：紫李、綠李、朱李、黃李、青綺李、青房李、同心李、車下李[23]、含枝李、金枝李、顏淵李[24]出魯、羌李[25]、燕李[26]、蠻李[27]、侯李。柰[28]三：白柰、紫柰花紫色、綠柰花綠色。查[29]三：蠻查[30]、羌查[31]、猴查[32]。椑[33]三：青椑、赤葉椑、烏椑。棠㉞四：赤棠㉟、白棠、青棠、沙棠㊱。梅㊲七：朱梅、紫葉梅、紫華梅、同心梅、麗枝梅、燕梅、猴梅。杏二：文杏㊳材有文采、蓬萊杏東郡都尉干吉㊴所獻。一株花雜五色，六出，云是仙人所食。桐㊵三：椅桐㊶、梧桐㊷、荊桐。林檎㊸十株。枇杷十株。橙十株。安石榴㊹十株。楟㊺十株。白銀樹十株。黃銀樹十株。槐六百四十株。千年長生樹十株。萬年長生樹十株。扶老木㊻十株。守宮槐㊼十株。金明樹二十株。搖風樹十株。鳴風樹十株。琉璃樹十株。池離樹十株。離婁樹十株。白俞㊽、梅杜㊾、梅桂、蜀漆樹十株。楠㊿四株。樅(51)七株。栝(52)十株。楔(53)四株。楓四株。

余就上林令虞淵(54)得朝臣所上草木名二千餘種。鄰人石瓊就余求借，一皆遺棄。今以所記憶，列於篇右。

【章旨】此章記述武帝修建上林苑時，「群臣遠方」所獻之名果異木，張揚了漢朝天子盛大的聲威。

【注釋】❶上林苑　苑名，武帝於建元三年（西元前一三七年）在秦之舊苑上建成此苑，苑中養禽獸，供皇上春秋兩季捕獵。其故址在今陝西長安、周至等縣境內。❷遠方　指漢朝諸屬國及鄰國。❸以摽奇麗　以顯示珍奇瑰麗。摽，同「標」。標示。❹紫梨　古代的一種良種梨。❺大谷梨　大谷所產之梨。大谷，地名，在今河南洛陽東南，以產梨出名。❻縹葉梨　一種樹葉顏色淡青的梨樹。❼出琅琊王野家二句　琅琊，郡名，治所在今山東諸城。太守，郡的行政長官，秦代稱守，漢景帝時更名為太守，秩二千石。王野、王唐，人名，生平未詳。❽瀚海　北海之名，在蒙古高原東北，一說指今內蒙古呼倫湖、貝爾湖。❾東王梨　東王，指古代神話中的東王公，也稱木公、東木公或東華帝君，是與西王母並稱的仙人，為男仙之首領，掌諸仙名籍，傳說他居住在東海之外的東荒山石室中。❿玉門棗　玉門所產之棗。玉門，地名，在今河西走廊西部，屬甘肅省，古為通西域的要道。⓫楟棗　即軟棗，也作「梗棗」。果實似柿而極小，其蒂四出，枝葉皮核皆似柿，秋晚而紅。乾之則紫黑如葡萄，其大小亦然。⓬西王母棗出崑崙山　西王母，本為古代神話傳說中居住在西方崑崙山的一位女仙，此處為古地名。西王母棗蓋出西王母之崑崙山，故名。大如李核，三月熟。⓭侯栗　栗之一種，大如雞蛋。⓮榛栗　本名榛，栗之一種。⓯嶧陽都尉曹龍所獻　嶧陽，山名，又名「葛嶧山」，在今江蘇邳縣境內。都尉，或亦稱郡尉，為郡之武官，掌管一郡之軍事。案：史載並無嶧陽郡，此作「嶧陽都尉」，當有誤。⓰秦桃　秦地所產之桃。秦，指今陝西、甘肅、寧夏一帶。⓱榹桃　即山桃，俗又稱毛桃。⓲緗核　言桃核為淺黃色。⓳金城桃　金城所產之桃。金城，漢郡名，昭帝始元六年（西元前八一年）置，郡治允吾，轄境在今甘肅皋蘭及青海西寧以東一帶。⓴綺葉　言桃葉上的紋路，像絲綢上的花紋一樣。㉑胡桃　即核桃，原產於歐洲東南部，及亞洲西部，中國在漢時由張騫自西域帶回。又名「羌桃」。一說張騫得自胡羌，故名羌桃。㉒含桃　即櫻桃，落葉喬木，春季先葉開花，六、七月間果熟。中國櫻桃為中國原產。山東、江蘇、河南、安徽、浙江都有栽培。其中以安徽太和所產品質最好。㉓車下李　即郁李，亦稱唐棣、奧李、雀李、雀梅、爵某等。其樹高五、六尺，果實大如李，赤紅色，食之味甜。㉔顏淵李　果木名。顏淵，春秋時魯國人，名回，字子淵，孔子的門徒。此李出於魯地（今山東省南部），故以魯人顏淵命名。㉕羌李　羌地所產之李。羌，古代西北地區少數民族之一。

㉖燕李　燕地所產之李。燕，地域名，指今河北省北部及遼寧省南部一帶。㉗蠻李　蠻地所產之李。蠻，古代對南部民族的蔑稱。㉘柰　果木名，蘋果的一種。㉙查　也作「楂」或「樝」。果木名，果實似梨而味酸。㉚蠻查　即榠樝，酷似木瓜，但比木瓜大而黃。㉛羌查　羌地所產之山楂。㉜猴查　山楂之一種。因生於山原茅林中，猴鼠喜食，故名。見《本草綱目》卷三〇。㉝椑　即椑柿。為柿之小而賤者，故謂之椑。一般柿子至熟則黃赤色，椑柿雖熟亦青黑色。㉞棠　果木名，像梨樹，亦稱杜梨、棠梨。㉟赤棠　即甘棠，又稱「杜」，果實澀而紅赤。㊱沙棠　果木名，樹似棠梨，開黃花，結紅果，果味似李，但無核。㊲梅　果木名，樹及葉皆如杏而黑，果實紅於杏而酸，可生吃又可含以香口，或蜜藏而食。㊳文杏　杏之一種，又稱「巴旦杏」、「八擔仁」。樹似杏而葉較小，果實尖小而肉薄，核像梅核。㊴東郡都尉干吉　東郡，有本作「東郭」或「東都」，當以「東郡」為是。見《漢書·地理志》。漢時，東郡治今河南東部、山東西北部及河北南部一帶。干吉，或作「于吉」、「于台」。人名，生平未詳。㊵桐　木名，種類頗多。㊶椅桐　椅樹與梧桐。此專指椅樹。椅樹又稱「山桐子」，是桐樹的一種。為落葉喬木。葉卵形，夏季開花，結小紅果。木材可製器具。㊷梧桐　桐樹開花而不結果者曰白桐，結果而皮青者曰梧桐。梧桐因表皮為青色，故又有青桐之稱。㊸林檎　果木名，即沙果，亦稱「花紅」、「來禽」等。樹似柰，皆二月開粉紅花，六月、七月始熟。果實似柰，但有毛，其味甚香美。㊹安石榴　簡稱石榴或丹若，約於西漢時由西域傳入中國。葉綠，狹而長，梗紅，五月開花，有大紅、粉紅、黃、白等色。㊺椁　即山梨，為野梨之一種，果子大如杏，可食。㊻扶老木　木名，似竹，有枝節，不需削修即可作拐杖。㊼守宮槐　槐之一種，葉晝合夜張。㊽白俞　即白榆，榆樹之一種，又稱「枌」。㊾梅杜　木名，疑亦杜（棠梨）一類。梅，音義不詳。㊿楠　木名，木質堅固芳香，較珍貴。51樅　木名，即今之冷杉。52栝　木名，即檜樹，亦稱「圓柏」。其葉似柏樹，甚尖硬；其主幹似松樹。見《本草綱目》卷三四。53楔　木名，似松，有刺。54上林令虞淵　上林令，指掌管上林苑的官員。虞淵，人名，生平未詳。

【語　譯】漢武帝當初修建上林苑時，群臣上下及遠方諸國，各自進獻了名貴的果子和珍奇的樹木，這些果、木也有起上一個漂亮名稱以顯示珍奇瑰麗的。梨木十種：紫梨、青梨（果實較大）、芳梨（果實較小）、大谷梨、細葉梨、縹葉梨、金葉梨（出自琅琊郡王野家中，為太守王唐所進獻）、瀚海梨（出自瀚海以北，耐寒，不枯蔫）、東王梨（出自海中）、紫條梨。棗樹七種：弱枝棗、玉門棗、棠棗、青華棗、樗棗、赤心棗、西王母棗（出自崑崙山）。栗樹四種：侯栗、榛栗、瑰栗、嶧陽栗（是嶧陽都尉曹龍進獻的，有拳頭一般大）。桃樹十種：秦桃、榹桃、緗核桃、金城桃、綺葉桃、紫文桃、霜下桃（霜降以後可以吃）、胡桃（出自西域）、櫻桃、含桃。李樹十五種：紫李、綠李、朱李、黃李、青綺李、青房李、同心李、車下李、含枝李、金枝李、顏淵李（出自魯地）、羌李、燕李、蠻李、侯李。柰樹三種：白柰、紫柰（花紫色）、綠柰（花綠色）。楂樹三種：蠻楂、羌楂、猴楂。椑樹三種：青椑、赤葉椑、烏椑。棠梨樹四種：赤棠、白棠、青棠、沙棠。梅樹七種：朱梅、紫葉梅、紫花梅、同心梅、麗枝梅、燕梅、猴梅。杏樹二種：文杏（樹上有紋采）、蓬萊杏（是東郡都尉干吉進獻的。一棵杏樹上的花有五色相間，六個瓣，據說是仙人吃的）。桐樹三種：椅桐、梧桐、荊桐。林檎十棵。枇杷十棵。橙樹十棵。安石榴十棵。楟十棵。白銀樹十棵。黃銀樹十棵。槐樹六百四十棵。千年長生樹十棵。萬年長生樹十棵。扶老樹十棵。守宮槐十棵。金明樹二十棵。搖風樹十棵。鳴風樹十棵。琉璃樹十棵。池離樹十棵。離婁樹十棵。白榆、梅杜、梅桂、蜀漆樹十棵。楠木樹四棵。樅樹七棵。圓柏十棵。楔樹四棵。楓樹四棵。

我從上林令虞淵那裏得到了朝臣進獻的草木名稱二千多種。鄰居石瓊曾向我求借過名單，後來全部丟失了。現在就將我所記憶到的一些寫出來列在右邊。

二九　常滿燈／被中香爐

長安巧匠丁緩者，為常滿燈❶，七龍五鳳，雜以芙蓉❷蓮藕之奇。又作臥褥香爐❸，一名被中香爐。本出房風❹，其法後絕，至緩始更為之。為機環❺，轉運四周，而爐底常平，可置之被褥，故以為名。又作九層博山香爐❻，鏤❼為奇禽怪獸，窮諸靈異❽，皆自然運動。又作七輪扇，連七輪，大皆徑丈，相連續，一人運之，滿堂寒顫。

【章　旨】此章簡要介紹了常滿燈、臥褥香爐、九層博山香爐、七輪扇等家用器物的製作方法及其性狀，表現了工匠丁緩技藝的精巧。

【注　釋】❶常滿燈　照明用具，其形制不詳。❷芙蓉　荷花的別名。❸臥褥香爐　薰香器具，為球形，上半球體為蓋，下半球體為身，直徑在五至十二公分之間。這種香爐是一種袖珍薰球，故今有人認為此即唐以後所謂香囊。❹房風　人名，生平未詳。❺機環　香爐中的持平機動裝置。設在薰球的內部，可以使外部球體自由轉動，同時使內部的焚香盂始終保持平穩狀態。❻博山香爐　薰香器具之一種。此種香爐始於漢代。據現代考古發現的實物看，此種香爐的爐身形狀與古代的豆器（一種盛飯食用的器皿，下有高腳，上有盤）相似，上面有蓋。因蓋上往往雕鏤成重疊的山巒，以象徵海上仙山——博山，故稱博山爐。這種香爐一般用青銅製作。❼鏤雕刻。❽窮諸靈異　言爐上刻盡了各種珍奇神異之物。窮，極盡。

【語　譯】長安有位巧匠名叫丁緩，製作了一個常滿燈，燈上刻有七條龍、五隻鳳，還穿插上了荷花、蓮藕之類的奇異紋飾。丁緩還製作了臥褥香爐，又稱被中香爐。這種香爐，最早出自房風之手，但他的製作方法後來失傳了，直至丁緩才又開始製造。香爐上安設一種環軸，可以四周運轉，但爐體內部，卻總是保持水平狀態，可以放在被褥裏，所以稱之為臥褥香爐或被中香爐。丁緩還做過九層博山香爐，上面刻有奇禽怪獸，各種珍奇神異之物，也是應有盡有，而且都能自己轉動。他還做過七輪扇，有七個輪子相連，輪子很大，直徑都有一丈，相互連接，一人轉動它，滿屋的人都會被扇得身冷發抖。

三〇 飛燕昭儀贈遺之侈

趙飛燕為皇后，其女弟在昭陽殿遺❶飛燕書曰：

今日嘉辰❷，貴姊懋膺洪冊❸，謹上襚❹三十五條，以陳踊躍之心❺：

金華紫輪帽❻。金華紫羅面衣❼。織成上襦❽。織成下裳。五色文綬。鴛鴦襦❾。鴛鴦被。鴛鴦褥❿。金錯繡襠⓫。七寶綦履⓬。五色文玉環。同心七寶釵⓭。黃金步搖⓮。合歡圓璫⓯。琥珀枕。龜文枕⓰。珊瑚玦⓱。馬腦彄⓲。雲母扇⓳。孔雀扇。翠羽扇。九華扇⓴。五明扇㉑。雲母屏風㉒。琉璃屏風。五層金博山香爐。迴風扇㉓。椰葉席。同心梅。含枝李。青木香㉔。沈水香㉕。香螺巵出南海，一名丹螺㉖。九真雄麝香㉗。七枝燈㉘。

【章旨】本章為趙飛燕之妹昭儀，在飛燕榮立皇后之時，寫給飛燕的一封信（實為一份禮單），記述了昭儀送給飛燕的各種貴重禮品，顯示了這位寵姬生活豪奢之一斑。

【注釋】❶遺　贈送。❷嘉辰　美好的日子。❸懋膺洪冊　謂趙飛燕榮獲皇后之位。見《漢書·成帝紀》。懋膺，榮獲。懋，通「茂」。盛大。膺，承受。洪冊，指皇帝封立皇后的冊書。❹襚　本指贈送給死者的衣被。此指贈人的禮物。❺以陳踊躍之心　用以表達歡欣鼓舞的心情。❻金華紫輪帽　一種用金花裝飾的紫色圓邊帽。❼紫羅面衣　這種面衣的前後都用紫色絲羅做成垂幅，又有四條不同顏色的帶子垂在背後。這種面衣又名面帽，為婦女遠行乘馬所用。見宋高承《事物紀原》卷三：「又有面衣，前後全用紫羅為幅，下垂，雜他色為四帶，垂於背，為女子遠行乘馬之用，亦曰面帽。」❽織成上襦　一種用名為「織成」的絲織物製成的短襖。織成，見本卷「身毒國寶鏡」條所注。❾鴛鴦襦　一種繡有鴛鴦圖樣的短襖。❿褥　一種可供坐臥的墊具。⓫金錯繡襠　一種鑲嵌有金絲的彩繡背心。襠，背心、坎肩之類。⓬七寶綦履　一種飾有寶物的繫帶鞋。綦履，有繫帶的鞋子。⓭同心七寶釵　一種鏤有同心紋飾並綴有多種寶物的釵子。同心，古代器物上常見的一種花紋，一般為菱形連環樣，寓有恩愛之意。⓮步搖　古代婦女首飾之一種，綴有垂珠，行則搖動。漢代步搖以黃金為山題（山形橫額），綴以白色珠玉。⓯合歡圓璫　一種有合歡花紋的圓形耳飾。璫，耳珠。⓰龜文枕　謂枕上的紋線像龜背上的紋理。⓱珊瑚玦　一種以珊瑚作飾物的開口玉環。⓲馬腦彄　用瑪瑙製作的指環。馬腦，同「瑪瑙」。玉髓礦物的一種，色澤光美，可作裝飾品。⓳雲母扇　以雲母裝飾的扇子。雲母，礦石名，古代以此石為雲氣生成之根源，故名。雲母石可析成薄片，能透光，古時常作鏡屏。⓴九華扇　扇名。曹植〈九華扇賦序〉云：「昔吾先君（案指曹操）常侍，得幸漢桓帝，帝賜尚方竹扇，不方不圓，其中結成文，名曰九華。」㉑五明扇　扇名。相傳上古時代，堯將帝位禪讓給舜後，舜為招賢納士，廣開視聽，乃造五明扇以表心志。秦漢時，公卿士大夫皆可使用此扇；晉以後，專為皇帝儀仗所用。見崔豹《古今注》。㉒雲母屏風　以雲母裝飾的屏風。一說指畫雲之屏風。㉓迴風扇　一種能扇出迴旋疾風的扇子。迴風，旋風。㉔青木香　本名為蜜香，又稱「木香」。多年生草本植物，根可入藥。為與馬兜鈴根的別名「青木香」相區別，又有人稱之為廣木香、南木香。㉕沈水香　香木名，又稱「沈香」。其材木和樹脂可用作薰香料。因其脂膏凝結成塊，入水能沈，故名。㉖香螺巵出南

海一名丹螺　香螺巵，用香螺殼做成的盛酒器皿。香螺、丹螺，二者各為海螺之一種，屬軟體動物，其腹下的薄蓋燒之有香氣，故又稱「甲香」。㉗九真雄麝香　九真，漢郡名，漢武帝平南越後所設，郡治今越南河內以南、順化以北一帶。雄麝香，一種名貴香料，由雄麝腹部香腺的分泌物乾燥後形成，呈顆粒狀或塊狀，亦可入藥。

㉘七枝燈　一種由七枝燈炷連於一盤的花燈。

【語譯】趙飛燕當了皇后，她的妹妹趙昭儀，在昭陽殿寫了一封信送給她，信上寫道：

在今天這個大好的日子裏，姊姊您光榮地受到冊封，而成為皇后，我謹向您獻上禮品三十五件，以表我歡欣鼓舞之情：飾有金花的紫色圓邊帽。飾有金花的紫色絲羅面衣。織成絲錦短襖。織成絲錦下衣。五色花紋絲帶。繡有鴛鴦的短襖。繡有鴛鴦的被子。繡有鴛鴦的墊具。鑲嵌金絲的彩繡背心。多種寶物裝飾並有繫帶的鞋子。五色花紋玉環。刻有同心紋飾並有多種寶石裝飾的釵子。黃金製作的步搖首飾。有合歡花紋飾的耳珠。琥珀裝飾的枕頭。飾有龜背紋的枕頭。珊瑚玉玦。瑪瑙指環。雲母裝飾的扇子。孔雀扇。翠羽扇。九華扇。五明扇。雲母裝飾的屏風。琉璃裝飾的屏風。五層金製博山香爐。迴風扇。椰葉席。同心梅。含枝李。青木香。沈水香。香螺殼製作的盛酒器（出自南海，又稱作丹螺）。九真郡出產的雄麝香。七枝燈。

三一　寵擅後宮

趙后體輕腰弱❶，善行步進退，女弟昭儀不能及也。但昭儀弱骨豐肌，尤工笑語❷。二人並色如紅玉，為當時第一，皆擅寵❸後宮。

【章　旨】此章敘趙飛燕姊妹嬌美的體貌和動人的風姿，並寫出了這兩位絕代佳人風韻的不同之處。

【注　釋】❶趙后體輕腰弱　言趙皇后飛燕體態輕盈，腰身柔弱。❷尤工笑語　特別會笑、會說。工，擅長。
❸擅寵　特別受寵信。擅，獨佔。

【語　譯】趙皇后體態輕盈，腰肢柔弱，行走、進退的姿勢，都很優美，她的妹妹昭儀比不上她。但是，昭儀的骨架纖弱，肌膚豐潤，特別擅長於談笑。姊妹二人的容顏都像紅色的玉石一樣美豔，是當時的第一號美人，在後宮中都特別受寵。

卷二

三二 畫工棄市

元帝後宮既多❶，不得常見，乃使畫工圖形❷，案圖召幸之❸。諸宮人皆賂畫工，多者十萬，少者亦不減❹五萬，獨王嬙❺不肯，遂不得見。匈奴入朝求美人為閼氏❻，於是上案圖以昭君行❼。及去，召見，貌為後宮第一，善應對，舉止閑雅，帝悔之。而名籍已定，帝重信於外國❽，故不復更人。乃窮案❾其事，畫工皆棄市❿，籍⓫其家，資皆巨萬⓬。畫工有杜陵毛延壽⓭，為人形⓮，醜好⓯老少，必得其真。安陵⓰陳敞，新豐⓱劉白、龔寬，並工為牛馬飛鳥，亦肖⓲人形，好醜不逮⓳延壽。下杜⓴

陽望亦善畫，尤善布色。樊育亦善布色。同日棄市。京師畫工，於是差稀㉑。

【章　旨】本章講述漢朝宮女王嬙（昭君）因不願賄賂畫工，而導致元帝遣其出塞和親的故事，並敘及貪財舞弊而終遭棄市之刑的諸畫工，表現了宮廷內部的腐朽黑暗，以及王嬙的美麗剛正。

【注　釋】❶元帝後宮既多　元帝，即漢元帝劉奭，生於西元前七六年，卒於西元前三三年。在位十餘年。好儒學，性懦弱，寵信宦官，致使西漢由盛而衰。後宮，本為皇帝嬪妃所居之處，此指皇帝的妃嬪、宮女等。❷圖形　畫像。❸案圖召幸之　謂按照所畫之像召幸宮女。案，同「按」。依照。❹減　少於。❺王嬙　也作「王檣」或「王牆」。西漢南郡秭歸（今湖北興山縣）人，字昭君。漢元帝時被選入宮。竟寧元年（西元前三三年），匈奴單于呼韓邪入朝，求美人為閼氏，元帝乃出昭君與之和親。昭君戎服乘馬，提琵琶出塞。入匈奴後，號寧呼閼氏，與呼韓邪生一男。呼韓邪死，復嫁其子復株絫若鞮單于，生二女。死後葬匈奴。今內蒙古呼和浩特南有昭君墓，人稱青冢。❻匈奴入朝求美人為閼氏　匈奴，中國古代北方少數民族之一。先後有鬼方、混夷、獫狁等稱謂，秦以後稱匈奴。該民族散居在大漠南北，過著游牧生活。漢時，經常南下騷擾漢朝邊境。後在宣帝時歸附漢朝，匈奴的單于亦經常來漢朝覲。此處所謂「匈奴入朝求美人為閼氏」，是指竟寧元年春正月，匈奴呼韓邪單于入朝求親之事。見《漢書・元帝紀》及〈匈奴傳〉。閼氏，漢時匈奴王妻妾的稱號。❼於是上案圖以昭君行　上，皇上，此指元帝。由此句看，昭君出塞的原因，乃是畫工有意醜化其形象，而致元帝誤選、錯遣。此與有關史書的記載稍有出入。見《漢書・元帝紀》、《後漢書・南匈奴傳》。❽帝重信於外國　言元帝對匈奴重守信用。重，重視。信，信用。❾窮案　徹底追究。❿棄市　古代在鬧市區執行死刑，並將犯人的屍體暴於街頭示眾，稱為棄市。⓫籍　沒收財物入官。⓬巨萬　極言數目之大。⓭杜陵毛延壽　杜陵，地名，在今陝西西安東南。本名杜原，秦時在此置杜縣。漢宣帝築陵於此後，又改名為杜陵。毛延壽，人名，生平事跡僅見於本書。以下陳敞、劉白、龔寬、陽望、樊育，皆與此同。⓮為人形　謂畫人像。⓯好　美。⓰安陵　古縣名，漢置，屬右扶風，其地在今陝西咸陽東北。⓱新豐　古縣名，秦為驪邑，故城在今陝西臨潼東北。漢高祖劉邦為豐邑（今江蘇豐縣）人，登上皇位後，都長安。其父身在長安，心繫家鄉，劉邦便在高祖七年（西元前二〇〇年）為他按豐縣街里格式改築驪邑，並遷來豐縣之民，稱之新豐。⓲肖　本義為相似，此謂畫。⓳逮　及。⓴下杜　地名，本名下杜城。其故地在今陝西西安南。㉑差稀　略微稀少。差，稍微。

【語　譯】漢元帝後宮的妃女太多，不能經常召見她們，元帝就派畫師畫出她們的相貌，然後根據畫像召見或親近她們。這樣一來，宮女們都以錢財賄賂畫師，多的用十萬銅錢，少的也不低於五萬，惟獨王嬙不願行賄，因此沒被元帝召幸。後來匈奴的君王來漢朝朝拜，想尋找一個美女為妻。於是，元帝依照畫師所畫的宮女肖像，選出昭君出塞和親。等到昭君將行時，元帝召見她，其相貌在後宮數第一，而且善於對答，舉止嫻靜高雅，元帝見了很後悔。但是名冊已經定了下來，加之元帝對匈奴又很重信用，所以沒有再更換人。事後就徹底追查此事，宮中那些畫師，都被處了棄市之刑。抄沒了畫師的家，他們家中的資財都是不計其數。畫師中有一個杜陵人，名叫毛延壽，會畫人像，他能把人長相的醜美、年齡的大小，畫得很逼真。安陵人陳敞、新豐人劉白、龔寬，都擅長於描畫牛馬飛鳥的形態，但畫人像的美醜卻不及毛延壽逼真。下杜人陽望也善於繪畫，特別是善於著色。樊育也善著色。這些畫師在同一天被殺，陳屍示眾。京都的畫師，由此就稀少了些。

三三　東方朔設奇救乳母

武帝欲殺乳母❶，乳母告急於東方朔❷。朔曰：「帝忍而愎❸，旁人言之，益❹死之速耳。汝臨去，但屢顧❺我，我當設奇以激之❻。」乳母如言。朔在帝側曰：「汝宜速去。帝今已大，豈念汝乳哺時恩邪？」帝愴然❼，遂舍之。

【章旨】此章敘漢武帝欲殺乳母，而東方朔設奇計救護的故事，揭露了武帝的暴戾殘忍，也展現了東方朔的機智勇敢。

【注釋】❶武帝欲殺乳母　《史記・滑稽列傳》所載與本則所記略有出入。武帝，即漢武帝劉徹（生於西元前一五六年，卒於西元前八七年），漢景帝之子，在位五十餘年間，承文、景之遺業，對內實行政治、經濟改革，對外窮兵用武，開拓疆土。事業上頗有建樹。❷告急於東方朔　告急，遇急難向人求救。東方朔，人名，字曼倩，生於西元前一五四年，卒於西元前九三年；平原厭次（今山東惠民）人，武帝時待詔金馬門，官至太中大夫，以奇謀妙計、詼諧滑稽，而得武帝寵愛；有〈答客難〉、〈七諫〉等著作傳世。❸忍而愎　殘忍而執拗。❹益　更加。❺屢顧　多次回頭觀看。❻設奇以激之　安設奇計而使之感動。❼愴然　哀傷的樣子。

【語　譯】漢武帝想殺掉他的乳母，乳母在這危急的時候向東方朔求救。東方朔說：「皇上為人殘暴，而且任性執拗，旁人替妳說情，他會使妳死得更快。妳等到要離開宮廷時，只要頻頻回頭觀望我，我會設下奇計使皇上感動。」乳母後來按照東方朔所說的做了，東方朔站在武帝的身旁對乳母說：「妳應該快快離去。皇上如今已經長大成人了，難道還要感念妳餵養他時的恩德嗎？」武帝聽了很悲傷，便饒了她一命。

三四　五侯鯖

五侯不相能❶，賓客不得來往。婁護豐辯❷，傳食❸五侯間，各得其歡心，競致奇膳❹。護乃合以為鯖❺，世稱五侯鯖❻，以為奇味焉。

【章　旨】此章敘美味食品「五侯鯖」的由來，並由此揭示了漢代上層社會勾心鬥角、驕奢淫逸的現實。

【注　釋】❶五侯不相能　五侯，指漢成帝的五個王姓舅舅，即王譚、王商、王立、王根、王逢時，因其皆為列侯，故稱。見《漢書・元后傳》。能，親善和睦。❷婁護豐辯　婁護，人名，又作「樓護」。見《漢書・游俠傳》。豐辯，善辯。❸傳食　輪流吃食。❹競致奇膳　爭著送給珍奇的膳食。❺鯖　同「阷」。指魚和肉混合烹成的食物。❻五侯鯖　指把五侯所送飯菜混合煮成的食品。後世又以「五侯鯖」或「侯鯖」泛指美味佳肴。

【語　譯】王譚、王商、王立、王根、王逢時這五列侯不相和睦，他們的賓客也不能互相往來。婁護能言善辯，周旋於五列侯之間，吃了這家吃那家，還博得了他們的歡心，他們都爭著給他送來珍奇的食物。婁護便把這些食物雜混在一起烹成鯖，世人稱之為五侯鯖，把它當作一種味道奇美的食品。

三五　公孫弘粟飯布被

公孫弘起家徒步❶，為丞相，故人高賀❷從之。弘食以脫粟飯❸，覆以布被。賀怨曰：「何用故人富貴為❹？脫粟布被，我自有之。」弘大慚。賀告人曰：「公孫弘內服貂蟬❺，外衣麻枲❻，內廚五鼎，外膳一餚❼，豈可以示天下❽？」於是朝廷疑其矯❾焉。弘嘆曰：「寧逢惡賓❿，無逢故人。」

【章　旨】此章記述身為丞相的公孫弘以粟飯布被待遇老朋友高賀一事，並借高賀之口，揭露了公孫弘為人吝嗇、虛偽的真面目。

【注　釋】❶公孫弘起家徒步　公孫弘，人名，字季，生於西元前二〇〇年，卒於西元前一二一年，菑川薛（今山東滕縣南）人。獄吏出身。武帝時，被徵為博士，出使匈奴，因不合帝意而被免歸。後再被拜為博士。元朔年間，由御史大夫升任丞相。封平津侯。為人城府較深，對與己有私怨者，往往表面以禮相待，暗中卻予以陷害。起家，起之於家而出任官職。徒步，步行。古時平民出行無車，故又以徒步指稱平民。見《漢書・公孫弘傳》。❷故人高賀　故人，老朋友。高賀，人名，生平事跡別處無載。❸脫粟飯　以粗糧做成的飯。❹何用故

人富貴為　意謂老朋友升官發財又有什麼用呢。為，句尾助詞，表示疑問語氣，常與「何」之類的詞語連用。❺內服貂蟬　謂裏面穿帶精美貴重的服飾。貂蟬，本是指古代達官貴人冠上華貴的飾物。❻外衣麻枲　謂外面穿著粗麻之衣。枲，不結籽的大麻。❼內廚五鼎二句　五鼎，指盛裝牛、羊、豕、魚、麋等肉食的五種鼎器。鼎，古代烹煮用的器物，多以青銅製作，圓形三足兩耳，也有方形四足的。古代豪門貴族常列鼎而食，故鼎亦為富貴的一種象徵。漢代，諸侯家中常五鼎而食。一餚，一種飯菜。❽示天下　謂給世人做榜樣。❾矯　矯情偽詐。❿惡賓　不願屈從主人之意的客人。

【語　譯】公孫弘離家當官前，是個普通百姓，後來做了丞相，老朋友高賀跟隨著他。公孫弘給高賀吃的是糙米飯，蓋的是布被子。高賀抱怨說：「老朋友發財當官又有什麼用呢？糙米飯、布被子，我自己也有。」公孫弘聽了非常慚愧。高賀告訴別人說：「公孫弘把華美貴重的衣服穿在裏頭，外面卻穿著粗麻衣；屋裏面列設五口食鼎烹煮、吃喝，外面進餐，只擺上一道飯菜。這樣做，怎麼能夠給天下人樹個好樣子呢？」於是，朝廷中的人懷疑公孫弘是矯情造作。公孫弘由此感慨地說：「我寧可接待那些不肯遷就主人意思的賓客，也不想再碰到高賀這樣的老朋友。」

三六　文帝良馬九乘

文帝自代還❶，有良馬九匹，皆天下之駿馬也。一名浮雲❷，一名赤電❸，一名絕群❹，一名逸驃❺，一名紫燕騮❻，一名綠螭驄❼，一名龍子❽，一名麟駒❾，一名絕塵❿，號為九逸。有來宣⓫能御，代王號為王良⓬，俱還代邸⓭。

【章　旨】此章主要介紹漢文帝九匹駿馬的名稱，並敘及御馬者的情況。

【注　釋】❶文帝自代還　文帝，即漢文帝劉恒（生於西元前二〇二年，卒於西元前一五七年），高祖劉邦之子。劉邦平代地後，立之為代王。呂后死，陳平、周勃誅除呂后親黨，遂迎立代王為帝。在位二十三年間，休養生息，力倡農耕，減罰省稅，使全國政治、經濟趨於穩定、繁榮。史書將他與景帝（劉恒之子）兩代並稱為文、景之治。代，古地名，戰國時為代國，後為趙襄子所滅；漢初為同姓九國之一，其地在今河北蔚縣一帶。古時此地多產良馬，曰代馬。還，返回。此謂返回京都長安。劉恒自代返京在代王十七年（西元前一八〇年）。見《漢書·文帝紀》。❷浮雲　謂馬奔跑迅疾，若空中飄浮之雲。古詩文常以「浮雲」形容馬跑之疾。❸赤電　赤，謂馬毛色赤紅。電，謂馬跑如閃電。❹絕群　謂馬出類拔萃。❺逸驃　善跑的雜色馬。❻紫燕騮　謂馬善跑如飛燕。騮，亦作「駵」。黑鬣黑尾的棗紅馬。古詩文常以「紫燕」言駿馬。❼綠螭驄　螭，古代傳說中的一種動物，身為黃色，屬龍類，但頭上無角。驄，毛色青白相雜的馬。❽龍子　古代傳說中的一種幼龍，亦稱「蛟螭」。❾麟駒　言馬之神氣若麒麟之幼子。❿絕塵　本謂腳不沾塵，此言馬神速。⓫來宣　人名，生平未詳。⓬代王號為王良　代王，指劉恒。王良，人名，春秋時晉國的御馬能手。⓭代邸　代地設在京都的官舍。

【語　譯】漢文帝從代地返回長安，帶有九匹好馬，都是天下的駿馬。一匹名叫浮雲，一匹名叫赤電，一匹名叫絕群，一匹名叫逸驃，一匹名叫紫燕騮，一匹名叫綠螭驄，一匹名叫龍子，一匹名叫麟駒，一匹名叫絕塵，號稱為九逸。有個名叫來宣的人很會駕馭這些馬，代王稱他為王良。代王和他的人馬，一同回到了代地設在長安的官舍。

三七　武帝馬飾之盛

武帝時，身毒國獻連環羈❶，皆以白玉作之，馬瑙石為勒❷，白光琉璃為鞍。鞍在暗室中，常照十餘丈，如晝日。自是長安始盛飾鞍馬，競加雕鏤❸。或一馬之飾直百金，皆以南海白蜃為珂❹，紫金為華❺，以飾其上。猶以不鳴為患，或加以鈴鑷，飾以流蘇，走則如撞鐘磬❻，動若飛幡葆❼。後得貳師天馬❽，帝以玫瑰石❾為鞍，鏤以金銀鍮石❿，以綠地五色錦為蔽泥⓫，後稍以熊羆⓬皮為之。熊羆毛有綠⓭光，皆長二尺者，直百金。卓王孫⓮有百餘雙，詔⓯使獻二十枚。

【章　旨】此章敘漢武帝時，朝野上下競相裝飾馬具的情形，從側面反映出當時社會經濟十分發達。

【注　釋】❶身毒國獻連環羈　身毒國，即古印度，見本書卷一「身毒國寶鏡」條所注。羈，馬籠頭。❷勒　古時以有馬銜的馬籠頭為勒，無馬銜者為羈。此處單指馬銜，此器常以鐵為之，橫於馬口，以備御馬者抽勒牽引。❸雕鏤　飾畫與雕刻。❹以南海白蜃為珂　南海，郡名，轄境在番禺，即今廣東廣州一帶。蜃，大蛤蜊。珂，馬籠頭上的飾物。❺紫金為華　紫金，一種精美的金子，亦指黃金與赤銅的合金。華，同「花」。❻磬　以玉、石或金屬製作的一種樂器。❼幡葆　旗幟上的羽毛飾物。葆，即羽葆，一種把鳥羽（多為野雞的毛羽）掛在柄桿上製成的飾物。❽貳師天馬　貳師，地名，古屬大宛國，其地在今吉爾吉斯共和國西南部。漢武帝太初年間，大宛國有良馬，藏於貳師城不肯獻。武帝乃命李廣利為貳師將軍遠征大宛，取得了良馬。天馬，良馬名，其汗水似血，大宛國所產。❾玫瑰石　美玉的一種。❿鍮石　即黃銅，是自然銅礦石的一種。⓫蔽泥　馬具名，即障泥。墊於馬鞍之下，垂於馬腹兩側，以遮蔽馬跑時揚起的塵土。⓬羆　獸名，俗稱人熊，體形似熊，但頭長腳高，猛悍有力，身多有黃白紋。⓭綠　此謂烏黑色。見本書卷一「昭陽殿」條所注。⓮卓王孫　人名，西漢卓文君之父，為蜀郡臨邛（今四川邛崍）富商。⓯詔　皇帝下命令。

【語　譯】漢武帝時，印度國獻上了連環狀的馬籠頭，都是用白玉石做成，並以瑪瑙寶石做成馬銜，以散發白光的琉璃玉石做成馬鞍。這種馬鞍在黑暗的屋子裏，可以把十幾丈見方的空間，照亮得如同白天一樣。從此以後，長安人開始對馬鞍大加裝飾，競相在馬具上鏤金錯彩，有的僅馬身的裝飾就值一百斤金子。人們都以南海出產的白蛤蜊，作馬籠頭上的飾物，又用紫金做成花朵，裝飾在馬籠頭上。有的人還嫌這些飾物發不出聲響，便又在上面安上鈴鐺，繫上彩色垂繐。這樣，馬跑起來就會像敲鐘擊磬一樣發出響聲，上面的彩繐，則會像旗桿上的羽毛飾物一樣飛揚。後來，漢武帝得到了貳師產的良馬，便以玫瑰石作馬鞍，並雕刻金銀、黃銅以為裝飾，又用綠色質地的五彩錦布作障泥，後來逐漸用熊羆皮作障泥。熊羆的皮毛發著烏亮的光，都有二尺長，可值一百斤金子。這樣的障泥，卓王孫家有一百多雙，皇帝下令讓他獻出了二十隻。

三八　茂陵寶劍

昭帝❶時，茂陵家人❷獻寶劍，上銘❸曰：「直千金，壽❹萬歲。」

【章　旨】此章敘茂陵家人，向昭帝進獻寶劍之事。

【注　釋】❶昭帝　即漢昭帝劉弗陵（生於西元前九四年，卒於西元前七四年），武帝之子，西元前八七年至西元前七四年在位。❷茂陵家人　茂陵，地名，漢宣帝時在此置縣，其地在今陝西興平東北。漢武帝死後葬於此。見本書卷一「樂遊苑」條所注。家人，謂編戶齊民，即庶民、平民。❸銘　刻在器物上的文字。❹壽　贈人禮物以表示祝人長壽。

【語　譯】漢昭帝時，茂陵一平民獻上了一把寶劍，劍上所刻的銘文說：「劍值一千斤金子，祝皇上萬壽無疆。」

三九　相如死渴

司馬相如❶初與卓文君❷還成都，居貧愁懣❸，以所著鸘鷞裘❹就市人陽昌貰酒❺，與文君為歡。既而文君抱頸而泣曰：「我平生富足，今乃以衣裘貰酒。」遂相與謀於成都賣酒❻。相如親著犢鼻褌滌器❼，以恥王孫。王孫果以為病❽，乃厚給文君，文君遂為富人。文君姣好❾，眉色如望遠山❿，臉際常若芙蓉⓫，肌膚柔滑如脂⓬。十七而寡，為人放誕風流，故悅長卿之才而越禮⓭焉。長卿素有消渴疾⓮，及還成都，悅文君之色，遂以發痼疾⓯。乃作〈美人賦〉⓰，欲以自刺，而終不能改，卒以此疾至死。文君為誄⓱，傳於世。

【章旨】此章記述西漢司馬相如與卓文君一見鍾情以及私奔成都的前後經過，並敘及文君的美貌與相如的死因，可補歷代史書所記之不足。

【注　釋】❶司馬相如　西漢文學家，字長卿，蜀郡成都（今屬四川）人，生於西元前一七九年，卒於西元前一一七年。景帝時為武騎常侍，後因病被免。善作辭賦。所作〈子虛賦〉為武帝所賞識，因得召見，又作〈上林賦〉，被武帝任為郎。❷卓文君　蜀郡臨邛富豪卓王孫之女，好音樂。在一次宴席上與司馬相如相遇，心悅而愛之，遂與之私奔成都。見《漢書·司馬相如傳》。❸居貧愁懣　言生活貧苦，心情愁悶。❹鷫鸘裘　以鷫鸘羽毛製作的裘衣。鷫鸘，鳥名，又作「鷫鷞」、「肅爽」、「肅霜」。長頸綠身，其形似雁。❺就市人陽昌貰酒　市人，城市居民。貰酒，賒酒。❻遂相與謀於成都賣酒　據《漢書·司馬相如傳》所載，相如與文君賣酒之處當在臨邛。❼犢鼻褌滌器　犢鼻，穴名，在人的膝下。褌，內衣。犢鼻褌，短褲之褲管至膝蓋犢鼻穴者。滌器，洗滌食用器皿（如碗、盤之類）。❽以恥王孫二句　事見《漢書·司馬相如傳》。病，恥辱。❾姣好　謂相貌美麗。❿眉色如望遠山　謂兩眉的顏色為黛青，就像遠處望去的山色一樣。後世文人詩文多以「眉山」為典。⓫芙蓉　荷花。⓬脂　凝凍的油脂，此喻皮膚細白潤澤。⓭越禮　違反禮教。古代男婚女嫁，必聽父母之命，須有媒妁之證，還得履行種種禮節。而文君私奔與相如結合，既無父母之命，又無媒妁之言，更不行繁雜的婚禮，故被視為「越禮」。⓮消渴疾　現代醫學根據古籍所載多食、多飲、多尿、發癰疽等消渴病狀，認為此病即今所謂糖尿病。⓯痼疾　經久難癒的疾病。⓰美人賦　賦名，今尚傳於世，見於《初學記》卷一九、《藝文類聚》卷一八。此賦寫相如遊於梁王，鄒陽乃向梁王進言誹謗相如：「相如美則美矣，然服色容冶，妖麗不忠，將欲媚辭取悅，遊王後宮。」相如便作辭以自辯。此賦的寫法極似宋玉〈登徒子好色賦〉。⓱誄　一種用以哀祭死者的文體。文君為相如之死所作的誄文，今已失傳。清人嚴可均編《全上古三代秦漢三國六朝文》輯有卓文君〈司馬相如誄〉，據考證，此文為後人託名的偽作。

【語　譯】司馬相如與卓文君剛回到成都的時候，生活貧困，心情也很愁悶，便把自己所穿的鷫鸘裘衣拿去向市民陽昌賒酒，同文君一道喝酒消愁。酒喝過後，文君抱頭痛哭，說：「我生來就過著富足的日子，現在卻落得用身上穿的裘衣賒酒喝。」於是，兩人一番商量，就在成都賣起酒來。相如穿著褌腿齊膝的短褲親自洗刷碗盤，以使卓王孫感到羞恥。王孫後來果然引以為恥，就給了文君很多財物，文君便成了富人。文君長相美麗，眉毛的顏色就像遠遠望去的青山，兩邊臉頰上總是像開著的荷花，皮膚細嫩白淨，猶似凝脂。文君十七歲就成了寡婦，為人放誕風流，所以喜愛相如的才華而違抗禮教，與之私奔。相如早就有消渴病，等到再回成都時，因迷戀文君的美色，又引發了消渴這個老毛病。於是他寫了一篇〈美人賦〉，想以此警戒自己，但是終究改不了對文君的沈迷，最後還是因為此病而死。文君寫了篇誄文哀祭他，此文流傳於世。

四〇 趙后淫亂

慶安世❶年十五，為成帝侍郎❷，善鼓琴，能為〈雙鳳〉、〈離鸞〉❸之曲。趙后❹悅之，白上❺，得出入御內❻，絕見愛幸❼。常著輕絲履❽，招風扇❾，紫綈裘❿，與后同居處。欲有子而終無胤嗣⓫。趙后自以無子，常託以祈禱，別開一室，自左右侍婢以外，莫得至者，上亦不得至焉。以軿車載輕薄少年⓬，為女子服，入後宮者日以十數，與之淫通，無時休息。有疲怠者，輒差代之，而卒無子。

【章　旨】本章敘成帝皇后趙飛燕，假託祈禱生子之名，另闢一室與輕薄少年淫亂通姦之事，披露了當時宮廷內部荒淫、醜惡的內幕。

【注　釋】❶慶安世　人名，生平事跡無考。❷侍郎　官名，漢代郎官的一種，本為宮廷的近侍。東漢以後，為尚書的屬官。漢代郎官，主要掌管守護門戶、出充車騎等。❸雙鳳離鸞　琴曲名，屬雜曲。❹趙后　即漢成帝皇后趙飛燕。參見本書卷一「昭陽殿」條所注。❺白上　稟告皇上。❻御內　皇宮內部。❼絕見愛幸　特別受寵愛。絕，極端。見，被。❽輕絲履　一種幫面用絲縷編織而成的鞋，以其輕軟，故稱輕絲履。❾招風扇扇名。大概以其輕便招風而得名。❿紫綈裘 一種用厚而光的紫色絲布做衣面，或衣襯的裘衣。⓫胤嗣 子孫後代。⓬以軿車載輕薄少年 軿車，參見本書卷一「縊殺如意」條所注。輕薄少年，輕浮、放蕩的年輕人。

【語譯】慶安世十五歲時，當上了成帝宮廷的侍從官。他很會彈琴，能演奏〈雙鳳〉、〈離鸞〉之類的曲子。趙皇后喜愛他，便啟稟皇上，讓慶安世能夠出入皇宮內部而極受寵幸。慶安世常常腳穿輕絲鞋，手搖招風扇，身著紫綈裘，和趙皇后同住一室，皇后想有個孩子，但終究還是沒有生出一男半女。趙皇后因自己沒有孩子，常常以祈禱神靈賜子為託辭，另開一間房子居住，這房子除了貼身的侍女可進出外，再沒有人能進去，皇上也不得進到這裏。用遮有帷幔的女用小車，載著身穿女式服裝的輕薄少年進入後宮。這樣進入後宮的少年每天有數十人，趙皇后與他們淫亂通姦，沒有停歇一刻時間。如有疲勞倦怠的，就派人替換，但皇后最終還是沒有生出孩子。

四一　作新豐移舊社

太上皇❶徙長安，居深宮，悽愴❷不樂。高祖竊❸因左右問其故，以平生所好，皆屠販❹少年，酤酒❺賣餅，鬥雞蹴踘❻，以此為歡，今皆無此，故以不樂。高祖乃作新豐❼，移諸故人實之，太上皇乃悅。故新豐多無賴，無衣冠子弟❽故也。高祖少時，常祭枌榆之社❾。及移新豐，亦還立焉。高帝既作新豐，並移舊社，衢巷棟宇❿，物色惟舊。士女老幼，相攜路首，各知其室。放犬羊雞鴨於通塗，亦競識其家。其匠人胡寬⓫所營也。移者皆悅其似而德之⓬，故競加賞贈，月餘，致⓭累百金。

【章　旨】此章敘高祖劉邦，為取悅心戀故土的太上皇，不惜代價為其營建新豐，同時敘及移豐邑舊社、故人至新豐等事。

【注　釋】❶太上皇　皇帝的父親，此指高祖劉邦之父。❷悽愴　悲傷。❸竊　私下；暗中。❹屠販　屠戶、商販。❺酤酒　賣酒。❻鬥雞蹴踘　鬥雞，以雞相鬥的一種遊戲，戰國時就已流行。蹴踘，古代的一種球類運動，亦稱蹋鞠或蹴鞠。蹴，踢。踘，同「鞠」。一種以毛物充塞內裏的皮球。❼新豐　見本卷「畫工棄布」條所注。❽衣冠子弟　指達官貴人的子弟。❾常祭枌榆之社　言高祖劉邦曾祭祀過豐邑枌榆鄉的土地神。常，通「嘗」。曾經。社，土地神，也指祭祀土地神的處所，即社廟。❿衢巷棟宇　指道路、街巷及房屋。⓫胡寬　人名，生平未詳。⓬移者皆悅其似而德之　言遷移至新豐的人，都為新豐與豐邑相似而高興，並感激胡寬。德，感激。⓭致　送來。

【語　譯】漢高祖劉邦的父親，從家鄉豐邑遷居長安，住在幽深的宮廷之中，心情卻悲傷不樂。高祖劉邦暗中通過他身旁的人，去打聽是什麼原故。原來高祖之父所喜愛的，都是些做屠戶、商販的年輕人，以及賣酒賣餅的生意人；還喜歡鬥雞踢球，從中取樂。而現在這些都沒有了，所以心中不快樂。高祖劉邦便營建了新豐，並從舊豐邑遷來老居民以充實新豐人口，高祖之父這樣才高興起來。因此，新豐之地多有奸狡、強橫之徒。這是因為沒有達官貴人的子弟的緣故。高祖年輕時，曾在老家的枌榆鄉祭祀過土地神。等到遷移新豐時，祭祀土地神的社廟仍還立在枌榆。高祖將新豐營建完畢後，就將原來的社廟一並移到了新豐。新豐的道路、街巷、房屋，以及各種景物，都是豐邑的舊樣。男女老少，相攜路口時，各人都能在新豐認出自己的家。把狗羊雞鴨放到大路上，亦都爭著回歸自己的家裏。新豐邑是工匠胡寬營建的。遷至新豐的居民，都為新豐極像豐邑而高興，因而感激工匠胡寬。所以，都競相賞贈他錢物，一個多月時間，送上的錢累計起來，有一百斤黃金。

四二　陵寢風簾

漢諸陵寢❶，皆以竹為簾❷，簾皆為水紋及龍鳳之像。昭陽殿織珠為簾，風至則鳴，如珩珮❸之聲。

【章　旨】此章分敘漢陵寢之竹簾及昭陽殿之風簾；兩相比較，顯出了昭陽殿主人用度之奢。

【注　釋】❶陵寢　古代帝王墓地的宮殿建築，為祭祀之所。漢時帝王陵寢之中，皆放置死者生前衣物或仿製品。❷簾　障蔽門、窗的器具。❸珩珮　此泛指玉佩，為佩帶上的飾物。珩，佩上的橫玉，形如殘環。珮，通「佩」。

【語　譯】漢朝各帝王墓地上的宮殿，都用竹材製作簾子，簾子上面，都飾有水波花紋和龍鳳的圖像。昭陽殿中用珠玉編織成簾子，風一吹，簾子就發出響聲，就像玉佩發出的聲音一樣。

四三　揚雄夢鳳作《太玄》

揚雄❶讀書，有人語之曰：「無為自苦，《玄》故難傳❷。」忽然不見。雄著《太玄經》，夢吐鳳凰，集❸《玄》之上，頃之❹而滅。

【章旨】本章記述西漢文豪揚雄夢鳳作《太玄》的傳說故事。

【注釋】❶揚雄　一作「楊雄」。字子雲，生於西元前五三年，卒於西元一八年，蜀郡成都（今屬四川）人。為西漢著名文學家、哲學家、語言學家，著有〈甘泉賦〉、〈羽獵賦〉、《太玄經》、《方言》等。成帝時，為給事黃門郎。王莽時，校書天祿閣，官為大夫。❷玄故難傳　玄，即《太玄經》，亦稱《揚子太玄經》，為揚雄模仿《周易》所作，分八十一首，以擬六十四卦。今本有十卷，反映了揚雄的哲學思想。故，通「固」。本來。❸集　群鳥棲在樹上。此引申作停留講。❹頃之　不久；一會兒。

【語譯】揚雄正在讀書，有人對他說：「不要自找苦受，《太玄經》本來就很難流傳下去。」忽然間，那人就不見了。揚雄撰著《太玄經》時，曾夢見自己的口中吐出了鳳凰，鳳凰停落在《太玄經》上，一會兒就消失了。

四四 百日成賦

司馬相如為〈上林〉、〈子虛〉賦❶，意思蕭散❷，不復與外事相關，控引❸天地，錯綜古今❹，忽然❺如睡，煥然而興❻，幾百日而後成❼。其友人盛覽❽字長通，牂牁❾名士，嘗問以作賦。相如曰：「合綦組以成文❿，列錦繡而為質⓫。一經一緯⓬，一宮一商⓭，此賦之跡也。賦家之心⓮，苞括⓯宇宙，總覽人物，斯乃得之於內，不可得而傳。」覽乃作〈合組歌〉、〈列錦賦〉而退，終身不復敢言作賦之心矣。

【章旨】本章記述司馬相如創作〈上林〉、〈子虛〉兩賦時的有關情況，並敘及司馬相如在辭賦創作上的藝術經驗及理論見解。本章內容，可視作研究中國賦史及文學批評史的重要材料。

【注釋】❶上林子虛賦　兩賦原為一篇，見於《史記》、《漢書》之〈司馬相如傳〉，總題為「子虛賦」。蕭統《文選》把它一分為二，將其前半題為「子虛賦」，後半題為「上林賦」。賦假設子虛、烏有先生、亡是公三個人物相互詰難、議論，前二人分別張揚諸侯國楚、齊的苑囿之盛，後者則鋪敘漢朝天子遊獵之事。❷意思蕭散　謂心境閒適、灑脫。❸控引　猶言控制。❹錯綜古今　將古今之人事加以融會。❺忽然　同「惚然」。謂精神恍惚不清。❻煥然而興　謂精神振作而為寫作之事。煥然，鮮明的樣子。興，起來。❼幾百日而後成　關於相如作賦所需之時間，歷來說法不一。今人張大可《史記全本新注》云：「本篇注釋依《文選》分為兩段，前段為〈子虛賦〉，後段為〈上林賦〉。司馬相如在景帝時為騎郎，先遊上林，其後遊梁王苑囿，故此賦非一時所作，大約是先成前半〈子虛賦〉，會武帝召問，續成後半奏之為〈上林賦〉。」據今人龔克昌《漢賦研究》考證：若依《文選》一分為二，並認為此賦非一時所作，則〈子虛賦〉當作於西元前一四五年，〈上林賦〉當作於西元前一三五年。如此，寫作兩賦所費時日約十年。清人梁玉繩《史記志疑》則引《日知錄》曰：「《文選》誤分為二，李善云『非一時作』，亦誤。」如以兩賦為一時所作，則所謂「幾百日而後成」，似較可信。幾，幾近。❽盛覽　人名，生平未詳。❾牂牁　又作「牂牱」、「牂柯」。漢代郡名。漢武帝元鼎六年（西元前一一一年）置，其轄境包括今貴州大部及雲南東境、廣西北境的一部分。❿合綦組以成文　綦組，絲帶。此喻華美的詞藻。文，文采。此指文章的形式。⓫質　本質；實質。此與「文」對舉，指文章的內容。⓬一經一緯　經、緯，本指織物上的縱線與橫線，此喻文章的結構和章法。⓭一宮一商　我國古代音樂以宮、商、角、徵、羽為五音音階。此以「宮商」喻指文章的音韻、聲調。⓮賦家之心　指辭賦家從事創作時的整個心理活動過程，包括情感、想像、構思等等。總覽全文，此處「心」似更側重於指賦家的想像，即《文心雕龍》所謂「神思」。⓯苞括　同「包括」。

【語　譯】司馬相如寫作〈上林賦〉、〈子虛賦〉時，心情閒散，不再與外界人事發生關係，他的筆端牽制著宇宙萬物，融會著古今人事，他時而精神恍惚，像是昏昏欲睡；時而神采奕奕，振筆而書，將近一百天時間就寫成了兩賦。他的朋友盛覽，字長通，是牂牁郡名士，曾問司馬相如怎樣作賦。司馬相如回答說：「組合絲帶般華美的言詞，以形成賦的文采，陳述錦繡般精妙的涵意，以作為賦的內容，似織線之縱橫交錯，像音樂之宮商迭出，這便是作賦的方法。賦家的情意可以包容天地萬物，總覽世間人事，這種情意，乃是一種心理體驗，只可意會，不可言傳。」盛覽便寫作了〈合組歌〉、〈列錦賦〉，告別了司馬相如。一生至死，盛覽再也不敢言說自己寫作辭賦的心願了。

四五　仲舒夢龍作《繁露》

董仲舒❶夢蛟龍❷入懷，乃作《春秋繁露》❸詞。

【章　旨】本章簡要記述西漢哲學家董仲舒夢龍作《繁露》的傳說故事。

【注　釋】❶董仲舒　西漢哲學家，生於西元前一七九年，卒於西元前一〇四年，廣川（今河北棗強）人。精於《春秋公羊傳》，在景帝和武帝兩朝，曾先後任博士、江都王相和膠西王相。其「罷黜百家，獨尊儒術」之主張，被漢武帝採納，為此後儒學成為中國的正統學說，起了重要作用。著有《春秋繁露》、《董子文集》等。❷蛟龍　古代傳說中的一種蛇形動物，屬龍類，能發洪水。此謂董氏夢神奇之物蛟龍而作《繁露》之書，意在顯示該書不同尋常。❸春秋繁露　書名，共十七卷，八十二篇。全書發論本《春秋》之旨，但亦主公羊之學，並雜陰陽五行之說，宣揚天人感應的思想。宋人《崇文總目》及程大昌疑其為偽書。

【語　譯】董仲舒夢見蛟龍進入懷抱，就寫作了《春秋繁露》一書。

四六　讀千賦乃能作賦

或問揚雄❶為賦，雄曰：「讀千首賦，乃能為之。」

【章旨】此章記敘揚雄論作賦之事，闡說了從事文學創作，必先有知識積累的道理。

【注釋】❶揚雄　見本卷「揚雄夢鳳作《太玄》」條所注。

【語譯】有人問揚雄如何作賦，揚雄答道：「讀了上千首的賦以後，才能寫賦。」

四七 聞《詩》解頤

匡衡❶，字稚圭，勤學而無燭。鄰舍有燭而不逮❷，衡乃穿壁引其光，以書映光而讀之。邑人大姓❸，文不識，家富多書，衡乃與其傭作❹，而不求償❺。主人怪，問衡，衡曰：「願得主人書遍讀之。」主人感嘆，資給❻以書，遂❼成大學❽。衡能說《詩》❾，時人為之語曰：「無說《詩》，匡鼎來；匡說《詩》，解人頤❿。」鼎，衡小名⓫也。時人畏服之如是，聞者皆解頤歡笑。衡邑人有言《詩》者，衡從之，與語質疑⓬，邑人挫服⓭，倒屣⓮而去。衡追之曰：「先生留聽，更理前論。」邑人曰：「窮矣！」遂去不返。

【章旨】本章記述西漢經學家匡衡鑿壁偷光、為人作傭以讀書及其說《詩》而使人解頤、挫服的故事，表現了匡衡勤學深思的刻苦精神以及博大深厚的學問功底。

【語譯】長安有個儒生名叫惠莊，聽說朱雲折斷了五鹿充宗的「鹿角」，便嘆息道：「像初生牛犢一樣的朱雲，反倒能做到這樣嗎？我自始至終以淹死溝中為恥辱。」於是，他帶著糧食去追隨朱雲。朱雲與他談論，惠莊對答不上，徘徊猶豫了半天才離去。他用手拍打著心胸對人說：「我的口雖然無法能說善道，但我胸中卻有的是學問。」

四九 搔頭用玉

武帝過李夫人❶，就取玉簪搔頭❷。自此後宮人搔頭皆用玉❸，玉價倍貴焉。

【章 旨】此章敘古代宮廷玉製搔頭的由來。

【注 釋】❶武帝過李夫人 過，探訪。李夫人，漢武帝寵妃，本為宮中樂人，因能歌善舞而受武帝寵幸，其兄李延年、李廣利亦因以顯貴。生一子，後封昌邑哀王。❷玉簪搔頭 簪，古代男女用以綰束頭髮或把帽子別在頭髮上的一種針形首飾。搔頭，撥弄頭髮。❸搔頭皆用玉 謂搔頭皆用玉石製成。此處「搔頭」為名詞，是簪的別稱，與上文中的「搔頭」的涵意相異。

【語 譯】漢武帝探訪李夫人時，靠近李夫人並取下她頭上的玉簪搔弄頭髮。從此以後，皇帝後宮的嬪妃們所用的搔頭，都以玉石製成。玉石的價格便成倍地貴了起來。

五〇　精弈棋裨聖教

杜陵杜夫子❶善弈棋❷，為天下第一。人或譏其費日❸，夫子曰：「精其理者，足以大裨聖教❹。」

【章　旨】本章藉杜夫子之口，道出了下棋活動，有益於儒道教化的社會功能。

【注　釋】❶杜陵杜夫子　杜陵，地名，見本卷「畫工棄市」條所注。杜夫子，生平未詳。夫子，古時對男子的尊稱。❷弈棋　下圍棋。❸費日　浪費時間。❹大裨聖教　謂十分有益於聖人教化的推行。聖教，儒家以堯、舜、禹、湯、文王、武王、周公、孔子為聖人，並尊其教誨為聖教。古代常有人將弈棋之事與聖人教化相聯繫。

【語　譯】杜陵的杜夫子很會下圍棋，棋藝在全國數第一。有人譏笑他下棋浪費時光，夫子回答說：「精通棋理，足以大大地助益聖人教化的施行。」

五一　彈棋代蹴踘

成帝好蹴踘❶，群臣以蹴踘為勞體，非至尊❷所宜。帝曰：「朕❸好之，可擇似而不勞者奏上。」家君作彈棋以獻❹，帝大悅，賜青羔裘❺、紫絲履，服以朝覲❻。

【章　旨】此章敘劉歆之父劉向製作、進獻彈棋，而得成帝賞賜之事。

【注　釋】❶蹴踘　參見本卷「作新豐移舊社」條所注。❷至尊　至為尊貴的地位。此指帝王。❸朕　秦始皇以後歷代皇帝的自稱。❹家君作彈棋以獻　家君，對人自稱己父。此指劉歆之父劉向。本則當是抄錄劉歆《七略》中之文字，故仍以「家君」稱劉向。彈棋，古代博戲，傳為劉向所創。有局（棋盤之類，以石為之），有棋子。彈時，兩人對局，一人執黑子六枚，一人執白子六枚，先列於局上，然後對彈，以先彈中對方六枚者為勝。至魏時，改用十六枚棋子，唐又增為二十四枚。其術至宋代已失傳。❺青羔裘　黑色羊羔皮衣。❻朝覲　臣子朝見帝王。

【語　譯】漢成帝喜歡踢踘球，文武大臣們認為踢踘球有傷身體，對皇上不適合。成帝說：「我喜好這種運動，你們可以選擇與此相仿但又不勞累身體的運動項目進獻上來。」我的父親製作了彈棋，並獻了上去，成帝十分高興，賞賜了黑羊皮衣和紫色絲鞋，父親穿著這衣、鞋朝見皇上。

五二　雪深五尺

元封二年❶，大寒，雪深五尺，野鳥獸皆死，牛馬皆蜷縮如蝟❷，三輔❸人民凍死者十有二三❹。

【章　旨】本章記述武帝元封年間，一場大雪所帶來的災害。

【注　釋】❶元封二年　即西元前一〇九年。元封，漢武帝年號。❷蝟　即刺蝟，一種哺乳動物，身上有毛刺，遇物或遇敵時，常將身體縮成一團。❸三輔　本指漢武帝時所設京兆尹、左馮翊、右扶風三職官，亦因以指三職官所治之區域，即長安近郊地區。❹人民凍死者十有二三　《漢書・五行志下》中多有雨雪之災的記載，但未記元封二年雨雪之事。查考上述〈五行志〉，疑本則「元封」係「元鼎」之誤。

【語　譯】元封二年，天氣十分寒冷，下的雪深達五尺，野地中的鳥獸都被凍死，牛馬也都凍得縮成一團，像刺蝟一樣，京郊地區的老百姓，有十分之二、三的人被凍死。

五三 四寶宮

武帝為七寶床、雜寶桉❶、廁寶屏風、列寶帳，設於桂宮❷，時人謂之四寶宮。

【章　旨】此章敘桂宮又名四寶宮的緣由。

【注　釋】❶雜寶桉　此與七寶床、廁寶屏風、列寶帳，皆為器物名。其中「雜」、「廁」、「列」，義相近，言以諸種寶物雜置其上。桉，同「案」。一種矮腳長桌。❷桂宮　漢宮殿名，漢武帝時建造，周迴四十餘里，故址在今陝西西安長安區西北。

【語　譯】漢武帝造了七寶床、雜寶案、廁寶屏風、列寶帳，陳設在桂宮中，當時人稱桂宮為四寶宮。

五四　河決龍蛇噴沫

瓠子❶河決❷，有蛟龍從❸九子，自決中逆上入河，噴沫流波數十里。

【章　旨】這是一段有關黃河決堤釀災的傳聞，帶有神話色彩，反映出當時人們對自然災害無法抗拒，卻又不能正確理喻時的一種迷信觀念。

【注　釋】❶瓠子　又名「瓠子口」，故址在今河南濮陽南。漢武帝元光三年（西元前一三二年），黃河在瓠子口處決口，大水注入瓠子河，殃及沿岸十六郡縣。❷河決　河，此指黃河。決，河水衝開堤防。❸蛟龍從　蛟龍，見本書卷一「送葬用珠襦玉匣」條所注。從，跟隨。此謂「九子」跟隨蛟龍。

【語　譯】黃河在瓠子口處決堤時，有蛟龍後面跟著九條龍仔，從決口中逆水而上，游入黃河，口中噴出的水沫，形成了數十里長的波浪。

五五 百日雨

文帝初，多雨，積霖❶百日而止。

【章旨】此章記文帝時，雨下百日方止之事。

【注釋】❶霖 久雨。

【語譯】文帝初年，天總是下雨，有一次連續下了一百天才停歇。

五六　五日子欲不舉

王鳳以五月五日生❶，其父欲不舉❷，曰：「俗諺：『舉五日子，長及戶❸則自害，不則害其父母。』」其叔父❹曰：「昔田文❺以此日生，其父嬰勑❻其母曰：『勿舉！』其母竊舉之。後為孟嘗君，號其母為薛公大家❼。以古事推之，非不祥也。」遂舉之。

【章　旨】此章記西漢王鳳之叔父，在王鳳父親以五月五日生子不祥，不願撫養王鳳的情形下，引證古事，勸導王鳳之父養育王鳳。此事反映了古人在生育問題上的一種迷信心理，同時也表現了王鳳叔父為人的開明、通達。

【注　釋】❶王鳳以五月五日生　王鳳，西漢東平陵（今山東濟南東）人，字孝卿。生年未詳，卒於西元前二二年。為元帝皇后王政君之兄。初為衛尉，襲父爵為陽平侯。成帝時，官至大司馬大將軍、領尚書事。以，於也。❷其父欲不舉　其父，指王鳳之父王禁。舉，撫養。❸長及戶　謂身體長到與門戶一樣高。古代民間傳說，五月五日出生的孩子，男害父，女害母。❹其叔父　可能指王弘。❺田文　戰國時人，為齊國貴族子弟，襲其父（田嬰）爵封於薛（今山東滕縣南），稱薛公，號曰孟嘗君。齊湣王時為相，養有門客數千人。後因受齊湣王猜忌，出奔為魏相。見《史記・孟嘗君列傳》。❻敕　告誡。❼大家　同「大姑」。古代對婦女的敬稱。

【語　譯】王鳳生於五月五日，他的父親不打算養育他，說：「民間流行的諺語說：『養育五月五日出生的孩子，長到屋門一樣高時，就要妨害自己，不然就要妨害他的父母。』」王鳳的叔父說：「從前，田文在五月五日出生，他的父親告誡田文的母親說：『不要撫養這孩子！』他的母親卻偷偷地養育了他。後來田文成了孟嘗君，尊稱他母親為薛公大家。拿古時的這件事來推論，養育五日子並非不吉利。」這樣才把王鳳養了起來。

五七　雷火燃木得蛟龍骨

惠帝七年❶夏，雷震南山❷，大木數千株皆火燃至末❸。其下數十畝❹地，草皆焦黃，其後百許日，家人❺就其間得龍骨❻一具，鮫骨❼二具。

【章　旨】本章記述漢惠帝時，雷火燒樹而人得龍骨的奇事。

【注　釋】❶惠帝七年　即西元前一八八年。惠帝，見本書卷一「縊殺如意」條所注。❷南山　即終南山。參見本書卷一「終南山華蓋樹」條所注。❸末　樹梢。❹畝　土地面積單位詞。漢時，一畝有二百四十步見方。今以六十平方丈為一畝。❺家人　庶民。見本卷「茂陵寶劍」條所注。❻龍骨　舊說：山野之間龍有蛻骨，可以入藥。❼鮫骨　即蛟龍之骨。鮫，通「蛟」。蛟龍，古代傳說中的一種蛇形動物，屬龍類，能發洪水。或謂鮫即鯊魚。案：本則所記內容，屬於奇聞異事，且作者走筆行文，亦是有意炫奇顯異，故此，將此處「鮫」解作蛟龍，則更具神祕奇幻色彩，而與本篇意趣相合。

【語　譯】漢惠帝七年的夏天，雷電震擊著終南山，有數千棵大樹都被雷火燒到了樹梢，樹下數十畝的地方，草都被燒得焦黃，過了一百多天，有一個平民百姓，在草叢裏撿到了一副龍骨，兩副蛟骨。

五八　酒脯之應

高祖為泗水亭長❶，送徒驪山❷，將與故人❸訣去。徒卒贈高祖酒二壺，鹿肚、牛肝各一。高祖與樂從者❹飲酒食而去。後即帝位，朝晡尚食❺，常具此二炙❻，並酒二壺。

【章旨】此章敘劉邦稱帝後的飲食習慣及其由來，表現了劉邦性格中尚情重義的一面。

【注釋】❶泗水亭長　泗水亭，古亭名，故地在今江蘇沛縣東。亭長，一亭之長吏。秦漢時十里為一亭，每亭設一亭長，負責治安、訴訟等事。❷送徒驪山　徒，指被罰服勞役的人。驪山，也作「酈山」。山名，在今陝西臨潼東南，為古代部族驪戎所居之地，故名。劉邦為泗水亭長時，曾押送徒役去驪山為秦始皇修建陵墓，途中徒役多數逃亡，劉邦見事不妙，便放走了剩餘的徒役，自己也帶著十餘個願意跟隨他的人逃跑了。參見本書卷一「劍光射人」條所注。❸故人　本謂老朋友，此指劉邦所熟識的徒役。❹樂從者　樂意跟隨的人。❺朝晡尚食　朝晡，猶言早晚。晡，古指申時，即今下午三至五點鐘。此泛指晚間。尚食，官名，掌管天子膳食。❻炙　燒烤的肉。

【語譯】高祖劉邦做泗水亭長時，押送徒役赴驪山，途中將要與熟識的徒役們分別而去，徒役們贈送給高祖兩壺酒，一份鹿肚與一份牛肝。高祖同樂意跟隨他的徒役們，一道喝過酒，喫過肉，然後離去。後來劉邦登上皇位，早晚兩餐，掌管皇帝膳食的尚食官，常要準備鹿肚、牛肝這兩樣燒烤的肉食，還有兩壺酒。

五九　梁孝王宮囿

梁孝王❶好營宮室苑囿❷之樂，作曜華宮❸，築兔園❹。園上有百靈山，山有膚寸石❺，落猿巖，棲龍岫❻。又有雁池，池間有鶴洲鳧渚❼。其諸宮觀❽相連，延亙❾數十里。奇果異樹，瑰禽怪獸畢備。王日與宮人賓客，弋釣❿其中。

【章　旨】此章記述漢代梁孝王劉武之兔園宏偉的格局、奇異的設置及優美的景致。

【注　釋】❶梁孝王　即漢文帝之子劉武，為竇皇后所生。孝文二年為代王，四年徙為淮陽（今河南淮陽）王，十二年徙梁，為梁王。死後謚號為孝，故史亦稱梁孝王。見《漢書．梁孝王劉武傳》。❷苑囿　畜養禽獸或種植草木的圈地。❸曜華宮　宮名，位於睢陽城（在今河南商丘南）北。❹兔園　園囿名，亦稱菟園或梁苑，《史記．梁孝王世家》及《漢書．梁孝王劉武傳》稱之為東苑。故址在今河南商丘東。❺膚寸石　體積不大的小石。膚寸，也作「扶寸」。古代長度單位。古以一指寬為寸，鋪四指為膚。❻岫　山洞。❼鶴洲鳧渚　有鶴和野鴨停棲的洲地。渚，水中的陸地，即小洲。❽觀　宮廷大門外兩旁的高大建築物，形作樓臺。❾延亙　綿延橫貫。❿弋釣　射獵與垂釣。

【語　譯】梁孝王喜歡營建宮殿園囿，從中作樂。他建造了曜華宮，修築了兔園。兔園之中有百靈山，山上有膚寸石、落猿巖、棲龍岫。園中還有雁池，池中有停歇鶴與野鴨的沙洲。兔園中各宮殿、樓臺相互連接，綿延橫貫幾十里。奇異的果樹，珍稀的禽獸，應有盡有。梁孝王每天和宮女、賓客一道在園中射獵、釣魚。

六〇 魯恭王禽鬥

魯恭王❶好鬥雞鴨及鵝雁❷，養孔雀、鵁鶄❸，俸穀一年費二千石❹。

【章　旨】此章敘魯恭王劉餘，喜好飼養禽鳥以及鬥禽之戲。

【注　釋】❶魯恭王　漢景帝之子，名餘，謚號恭。初為淮陽王，後徙魯，稱魯王。見《漢書・魯恭王劉餘傳》。❷鬥雞鴨及鵝雁　均為古代遊戲。就現存的古籍資料看，古代鬥雞之戲最為流行，且起源較早。《莊子・達生》中，就有紀渻子為周宣王養鬥雞的記載，說明周代就已盛行鬥雞之俗。❸鵁鶄　水鳥名，見本書卷一「太液池」條所注。❹俸穀一年費二千石　俸穀，也稱「俸米」，指古代官府按官階發給官吏，以作俸祿的糧食。此指餵養禽鳥用的糧食。石，古代容量單位，十斗為一石。

【語　譯】魯恭王喜愛鬥雞、鬥鴨、鬥鵝、鬥雁，他養有孔雀、鵁鶄，餵養禽鳥的糧食，一年就要花費兩千石。

六一 流黃簟

會稽歲時獻竹簟供御❶，世號為流黃簟❷。

【章　旨】此章敘漢時會稽郡每年向皇上進獻竹簟事。

【注　釋】❶會稽歲時獻竹簟供御　會稽，古郡名，秦置，治所在吳縣（今江蘇蘇州）。西漢時，郡轄二十六縣，其地在今浙江省北部及江蘇省東南一帶。歲時，一年中的季節。此當指夏季。竹簟，竹席，用以坐臥。供御，供奉給皇帝使用。❷流黃簟　竹席名，以其表色褐黃，故稱。

【語　譯】會稽郡每年到了季節，要進獻竹席給皇帝使用，世人稱這種竹席為流黃簟。

六二　買臣假歸

朱買臣為會稽太守❶，懷章綬❷，還至舍亭❸，而國人❹未知也。所知錢勃，見其暴露❺，乃勞❻之曰：「得無罷乎❼？」遺與紈扇❽。買臣至郡，引為上客，尋遷為掾史❾。

【章　旨】此章記朱買臣的朋友錢勃，在不知買臣已為達官的情況下，仍對買臣以禮相待之事，表現了錢勃為人的真誠、厚道。

【注　釋】❶朱買臣為會稽太守　朱買臣，西漢吳縣人，字翁子。武帝時，受同鄉顯貴嚴助之薦，拜為中大夫。後拜為會稽太守。後又因擊破東越有功，徵為主爵都尉。武帝年間，與官僚張湯結怨相爭，為武帝所殺。見《漢書・朱買臣傳》。太守，為一郡最高行政長官，秦時稱郡守。❷章綬　印章及繫印用的彩色絲帶。官階有別，印綬的質地、形制亦有異。漢太守受銀印青綬。❸舍亭　客館，為行人停留食宿之所。❹國人　在都城中居住的人，此指會稽郡中的人。❺暴露　處於露天之下，無所遮蔽。此言無處居宿。❻勞　慰問；勞問。❼得無罷乎　得無，莫非；該不是。罷，通「疲」。疲勞。❽遺與紈扇　遺，贈送。紈扇，用細絹做成的圓扇。❾尋遷為掾史　尋，隨即；不久。掾史，指輔助長官處理政事的屬吏。自漢以來，中央及各郡縣皆置掾史，分曹治事，人員由長官選定。掾，本為佐助之意。

【語譯】朱買臣當上了會稽郡太守，懷裏揣著印章綬帶，回到了客館，郡城的人還不知道他已做了太守。他的老朋友錢勃看見他露宿室外，就慰問他說：「你該不是很疲累了吧？」還送給他一把細絹製作的團扇。朱買臣到了郡邸，請來錢勃作貴客，不久又提拔他做了郡裏的屬吏。

卷三

六三　籙術制蛇御虎

余所知有鞠道龍❶，善為幻術，向余說古時事：有東海人黃公❷，少時為術❸，能制蛇御虎。佩赤金刀❹，以絳繒束髮❺，立興雲霧，坐成山河。及衰老，氣力羸憊❻，飲酒過度，不能復行其術。秦末，有白虎見於東海，黃公乃以赤刀往厭❼之。術既不行，遂為虎所殺。三輔❽人俗用以為戲，漢帝亦取以為角抵之戲❾焉。

【章旨】本章記東海黃公，以道家法術降蛇服虎的傳說故事，並敘及漢人據此故事，而演為角抵之戲。

【注　釋】❶鞠道龍　人名，生平未詳。❷東海人黃公　東海，郡名，漢高祖時置，治所在今山東郯城。黃公，人名。❸術　此指符籙之術，為道家法術之一。施行此術時，道師作符籙之文溝通、役遣仙界諸神靈以超度亡魂、救災除害等。籙，指記錄天官功曹及神仙名屬的牒文，因其一般附有相關的符圖，故常合稱之為符籙。道教認為，符籙由道氣演衍而成，具有巨大的法力。❹赤金刀　銅刀。赤金，即銅。❺以絳繒束髮　言以深紅色的絲織品束繫頭髮。❻羸憊　衰弱疲乏。❼厭　通「壓」。壓制。❽三輔　地域名，見本書卷二「雪深五尺」條所注。❾角抵之戲　古代的一種競技表演，常以兩人相較為之，約始於戰國。至漢代，此戲廣泛流行於朝野上下，成為「百戲」中的一種，而且貫穿了一定的故事情節。

【語　譯】我有個好朋友叫鞠道龍，精通幻化的法術，他向我講了古時的一段故事：有個東海郡人，名叫黃公，年輕時，施展道家法術，能夠制服惡蛇，抗擊猛虎。他佩帶銅刀，用深紅的絲帶纏繫頭髮，站立時，能變出雲霧，坐下來能變出山河。等到年老之時，身體衰弱，力氣疲竭，加之飲酒過量，他再也不能施行那套法術了。秦朝末年，有隻白虎在東海郡出沒，黃公便帶著銅刀前去鎮壓。因為法術再也不能施展，就被白虎吃掉了。三輔地區的人民便依據這個故事，編成了雜戲，漢代帝王也取這段故事表演角抵戲。

六四　淮南與方士俱去

又說❶：淮南王好方士❷，方士皆以術見❸，遂有畫地成江河，撮土❹為山巖，噓吸❺為寒暑，噴嗽為雨霧。王亦卒與諸方士俱去❻。

【章　旨】此章記淮南王劉安，喜好方術及最後得道昇天之事。

【注　釋】❶又說　謂鞠道龍說。此承上則而言。案：有的版本，將本則與上則文字合而為一，今從羅校本、抱經堂盧氏校刊本等，將其分列。❷淮南王好方士　淮南王，即漢高祖劉邦之孫劉安，生於西元前一七九年，卒於西元前一二二年，襲父（淮南厲王劉長）爵封為淮南王。元狩元年（西元前一二二年），有人告其謀反，遂「自刑殺」。見《漢書・淮南厲王劉長傳》。方士，方術之士，指古代專為求仙、鍊丹之事，且自詡能長生不老的人。此類人士，在戰國時齊、燕兩地沿海一帶就已出現。至秦漢，始皇、漢文帝、武帝等人，喜求仙問道，遂使此類人士盛行於世。❸見　求見。❹撮土　聚土。撮，集攏。❺噓吸　呼吸。❻王亦卒與諸方士俱去　在古代，有關劉安成仙昇天的傳說十分流行。今成語「一人得道，雞犬昇天」，即源於此類傳說。

【語　譯】鞠道龍又說：淮南王劉安喜歡方士，方士們都憑著法術去求見。於是有人在地上畫線而變江河，有人聚土而變山巖，有人呼吸而使氣候變冷或變熱，有人打噴嚏、咳嗽而變雨變霧。淮南王最終也與方士們一道昇天而去。

六五　揚子雲載輶軒作《方言》

揚子雲❶好事，常懷鉛提槧❷，從諸計吏❸，訪殊方❹絕域❺四方之語，以為裨補輶軒所載❻，亦洪意❼也。

【章　旨】此章敘西漢揚雄，向地方官吏訪求各地方言，而作《方言》之事。

【注　釋】❶揚子雲　即揚雄，見本書卷二「揚雄夢鳳作《太玄》」條所注。❷懷鉛提槧　鉛，鉛粉筆，用以寫字。槧，用以書寫的木板。❸計吏　戰國及秦漢時，地方官員本人或遣屬吏，於每年年尾至京都上送計簿，將本地全年人口、錢糧、賦稅、盜賊等情況，報告朝廷。進京呈送計簿的官吏稱上計吏，簡稱計吏。揚雄曾利用各地計吏會聚京都的機會，調查過方言。❹殊方　異域他鄉。❺絕域　極偏遠的地方。❻以為裨補輶軒所載　裨補，增補。輶軒，古代天子使者所乘坐的一種輕車。此指輶軒使者。據《風俗通・序》載：古代朝廷每年都要派出輶軒使者，去各地採訪方言，使者要將採訪的情況記於冊簿，然後奏呈朝廷，藏於祕室。案：揚雄類集古今各地的同義詞語而作的《方言》，因與輶軒使者所採方言有關，故其全名為《輶軒使者絕代語釋別國方言》。❼洪意　宏偉高遠的志願。

【語　譯】揚雄喜歡多事，經常懷揣著鉛粉筆和木板，向進京呈送計簿的各地官吏訪問、調查異域他鄉及偏遠地區的方言，以此來增補輶軒使者訪查各地方言所記的材料。這也是他的宏偉志願。

六六　鄧通錢文侔天子

文帝時，鄧通得賜蜀銅山❶，聽得鑄錢❷，文字肉好❸，皆與天子錢同，故富侔人主❹。時吳王❺亦有銅山鑄錢，故有吳錢，微重，文字肉好，與漢錢不異。

【章旨】此章敘漢文帝所寵幸的奸佞之臣鄧通，自鑄銅錢而得以暴富事，同時敘及吳王劉濞自鑄銅錢事，反映了當時政治的腐敗。

【注釋】❶鄧通得賜蜀銅山　鄧通，西漢蜀郡南安（今四川樂山市）人，漢文帝時，官至上大夫，甚得文帝寵愛，文帝每次賞給他的錢，數以萬計。景帝即位後，免其官，沒收其錢財入官。最後寄食人家，窮困而死。見《漢書・佞幸傳》。蜀銅山，指蜀郡嚴道（在今四川滎經）銅山。❷聽得鑄錢　言鄧通聽命於皇上，而得以自鑄銅錢。❸文字肉好　文字，指銅錢上的文字。肉好，指圓形銅錢上的周邊實體部分及中間的方形洞孔。肉，邊。好，孔。❹故富侔人主　言鄧通的財富與皇帝相當。侔，相等。❺吳王　漢高祖劉邦之姪劉濞，生於西元前二一五年，卒於西元前一五四年。高帝時，被封為吳王，治三郡五十三城。景帝三年（西元前一五四年），連膠西、膠東、菑川、濟南、楚、趙等地之兵反叛漢朝，不久兵敗被漢「使人鏦殺」。見《漢書・荊燕吳傳》。

【語譯】漢文帝時，鄧通得到了皇上賜給的蜀郡銅山，便聽令於皇上，而自鑄銅錢。銅錢上的文字與邊、孔，都與皇上的鑄錢相同，所以鄧通的財富與皇上相等。當時吳王劉濞也有銅山鑄錢，因此有吳錢，吳錢稍微重些，錢上的文字及邊、孔，卻與漢朝的銅錢沒有差別。

六七　儉葬反奢

楊貴❶，字王孫，京兆❷人也。生時厚自奉養，死卒裸葬於終南山❸。其子孫掘土鑿石，深七尺而下尸，上復蓋之以石，欲儉而反奢也。

【章　旨】此章記西漢楊王孫，死後被其子孫掘土鑿石而裸葬，導致費時耗力，結果與簡樸行事的願望相違。

【注　釋】❶楊貴　漢武帝時人，崇尚道家反璞歸真的思想，反對奢靡浪費的厚葬，而倡裸葬之風。見《漢書・楊王孫傳》。❷京兆　漢行政區劃名，為三輔之一，其境相當於今陝西西安以東、秦嶺以北、渭水以南的地域。後世又以京兆稱京都。❸死卒裸葬於終南山　裸葬，謂葬時不用衣衾及棺槨。終南山，見本書卷一「終南山華蓋樹」條所注。

【語　譯】楊貴，字王孫，是京兆人。活著的時候，他以優厚的生活條件保養自己，死後裸葬在終南山。葬時，他的子孫們挖土鑿石，挖至七尺深才把屍體放下去，上面又蓋了石塊。這樣，本想節儉行事，反倒更是奢侈浪費。

六八　介子棄觚

傅介子❶年十四，好學書，嘗棄觚❷而嘆曰：「大丈夫當立功絕域❸，何能坐事散儒❹？」後卒斬匈奴使者❺，還拜中郎❻。復斬樓蘭王首❼，封義陽❽侯。

【章旨】此章敘西漢傅介子棄文從軍、殺敵立功之事，表現了傅介子建功立業的豪情壯志。

【注釋】❶傅介子　西漢北地義渠（今甘肅慶陽西北）人。生年未詳，卒於西元前六五年。先後出使龜茲、樓蘭、大宛等國。昭帝元鳳年間，曾設計誘殺樓蘭王安歸，被封為義陽侯，食邑七百戶。❷觚　也作「柧」。棱形木簡，用以書寫文字。今有此類木簡出土。可參閱今人高敏《簡牘研究入門・漢簡》。❸絕域　極偏遠的地方。此處當具體指偏遠的邊疆或異國。❹散儒　指不自檢束的無用儒生。散，不自檢束。❺斬匈奴使者　事見《漢書・傅介子傳》。❻中郎　官名，秦置中郎，至西漢分五官、左、右三署，各置中郎將以統領皇帝的侍衛，隸屬光祿勳（職官名）。平帝又置虎賁中郎將，統虎賁郎。中郎，即中郎將的省稱。❼復斬樓蘭王首　樓蘭，漢西域城國，在今新疆羅布泊西，今尚存古城遺址。元鳳四年（西元前七七年）傅介子殺其王安歸，立尉屠耆為王，更其國名為鄯善。傅介子殺樓蘭王事，《漢書・傅介子傳》及同書〈西域傳〉均有記載。❽義陽　地名，春秋時屬申國；漢時，為平氏縣之義陽鄉，其故地在今河南桐柏西北。介子封侯，即此。查《漢書・昭帝功臣表》，介子封義陽侯，食邑亦在平氏縣。

【語　譯】傅介子十四歲時，喜愛寫字，曾丟掉寫字用的木簡，感嘆道：「大丈夫應當去邊遠的地方建功立業，怎麼能坐著做個閒散無用的儒生呢？」後來終於斬殺匈奴使者，回來後被任命為中郎官。又砍下了樓蘭國國王的首級，被封為義陽侯。

六九　曹敞收葬

余少時，聞平陵曹敞在吳章門下❶，往往好斥人過❷，或以為輕薄，世人皆以為然。章後為王莽❸所殺，人無有敢收葬者。弟子皆更易姓名，以從他師。敞時為司徒掾❹，獨稱吳門弟子，收葬其尸，方知亮直者不見容於凡輩中矣❺。平陵人生為立碑於吳章墓側，在龍首山❻南幕嶺上。

【章　旨】此章敘因耿介直言而遭人鄙薄的平陵人云敞，在其師被權貴殺害的情況下，敢於挺身而出，不避殃禍，為其師收屍，突顯了云敞忠誠耿直、英勇仗義的品格。

【注　釋】❶聞平陵曹敞在吳章門下　平陵，地名，漢屬右扶風，漢昭帝死後，葬於此，因置平陵縣，故地在今陝西興平東北。查《漢書・云敞傳》，所記與本則內容基本相同，只是人名有異，一作「云敞」，一作「曹敞」。疑此「曹敞」為「云敞」之誤，或為小說家故意繆之以標新立異，或當將「平陵曹敞」解釋為平陵籍屬官云敞。案：古代官署分曹治事，各曹之屬官稱曹掾或曹。云敞為司徒掾，係屬官，故本則此處在云敞之名前冠以「平陵曹」三字，其意當謂平陵籍屬官。古文中有將籍貫、職位、人名並稱之例。吳章，字偉君，平陵人，王莽時官至博士，有弟子千餘人。❷過　過失；錯誤。❸王莽　字巨君，元城（今河北大名）人，生於西元前四五年，卒於西元二三年。元始五年（西元五年）毒死漢平帝，後於初始元年（西元八年）篡帝位，改國號新，史稱「新莽王朝」。地皇四年（西元二三年）被殺。❹司徒掾　即司徒的屬官。司徒，原為周代六卿之一，職掌國家風俗教化。至秦廢，改置丞相。漢時，有所沿革。見《漢官儀》。❺方知句　言時人才知道誠實而耿直的人，不被庸碌平凡之輩所容忍。亮直，誠信、率直。見，被。冗輩，一本作「凡輩」。❻龍首山　見本書卷一「蕭何營未央宮」條所注。

【語　譯】我年輕時，聽說平陵籍屬官云敞，是吳章門下的弟子，常常喜歡指責別人的過失，有人覺得他為人輕浮，當時的人們也便都這樣認為。吳章後來被王莽殺害，沒有人敢去替他收葬，他的弟子也都改換了姓名，拜別的人為老師。云敞當時在司徒府做屬官，只有他一個人敢稱是吳章的弟子，並為他收屍安葬。這樣，人們才知道誠實、耿直的人不會被平庸之輩所容納。平陵人在他活著的時候，為他立了一塊碑，樹在吳章的墓旁，墓在龍首山南面的幕嶺上。

七〇　文帝思賢館

文帝為太子立思賢苑以招賓客❶，苑中有堂隍❷六所，客館皆廣廡高軒❸，屏風幃褥❹甚麗。

【章　旨】此章記劉啟思賢苑中富麗堂皇的建築物及設施。

【注　釋】❶文帝句　太子，指漢文帝太子劉啟，西元前一五六年即皇位，稱景帝。思賢苑，苑名，其故址今已難考。❷堂隍　同「堂皇」。指寬廣宏大的殿堂。❸廣廡高軒　廡，高堂下周圍的廊房。軒，殿堂前檐突起的部分，以翹曲的木椽為之。❹幃褥　帷帳與褥墊。幃，通「帷」。帳。褥，供坐臥的墊具。

【語　譯】漢文帝給太子劉啟修建了思賢苑，用以招納賓客。苑中有六所寬大的殿堂。苑中的客館，都有寬敞的廊房及高翹的屋檐，館中的屏風、帷帳、褥墊都十分漂亮。

七一　廣陵死力

廣陵王胥❶有勇力，常於別囿學格熊❷。後遂能空手搏之，莫不絕脰❸。後為獸所傷，陷腦❹而死。

【章　旨】此章敘廣陵王劉胥，空手搏獸及最後被獸擊死之事。

【注　釋】❶廣陵王胥　即漢武帝之子劉胥。元狩六年（西元前一一七年）被封為廣陵（今江蘇揚州）王。死後，賜諡曰厲王。見《漢書．廣陵厲王劉胥傳》。❷常於別囿學格熊　別囿，古代達官貴人常於本宅之外，別建房宅以遊息，曰別第、別墅等，別囿，蓋是這些處所附建的園囿。格熊，與熊搏鬥。❸絕脰　折斷頸脖。脰，頸也。❹陷腦　破腦。案：本則謂劉胥因腦袋被獸傷破而死，是為傳說，據《漢書．廣陵厲王劉胥傳》載，「昭帝時，胥見（皇）上年少無子，有覬欲心」，乃使女巫李女須詛咒王室。後來詛咒事敗露，劉胥惶恐，「即以綬自絞死」。

【語　譯】廣陵王劉胥，勇武有力，常在別囿裏練習鬥熊。後來，就能空著手與熊搏擊了，熊沒有不被他打斷頸項的。劉胥後來終被猛獸所傷，以致腦破而死。

七二 辨《爾雅》

郭威❶，字文偉，茂陵❷人也。好讀書，以謂《爾雅》周公所制❸，而《爾雅》有「張仲孝友」❹，張仲，宣王❺時人，非周公之制明矣。余嘗以問揚子雲❻，子雲曰：「孔子門徒游、夏之儔❼所記，以解釋六藝❽者也。」家君❾以為：「〈外戚傳〉❿稱『史佚⓫教其子以《爾雅》』，《爾雅》，小學⓬也。」又《記》言：「孔子教魯哀公學《爾雅》⓭。」《爾雅》之出遠矣。舊傳學者皆云周公所制也。「張仲孝友」之類，後人所足⓮耳。

【章旨】此章考辨古代訓詁專書《爾雅》的作者問題，介紹了古人及時人的有關觀點。

【注釋】❶郭威 人名，生平事跡他書無載。❷茂陵 見本書卷一「樂遊苑」條所注。❸以謂爾雅周公所制 爾雅，書名，是中國最古的訓詁專著。今本三卷，分〈釋詁〉、〈釋言〉、〈釋訓〉、〈釋親〉、〈釋宮〉、〈釋器〉等十九篇。關於此書的作者及成書年代，歷來說法不一，迄今尚無定論。古傳為周公所撰，或謂孔子門徒解釋六藝而作（如鄭玄《駁五經異義》），也有人認為是戰國毛亨以後，漢武帝之前的小學家綴輯舊文，遞相增益而成（如《四庫全書總目》）。現今學者大多比較贊同上述最後一種說法，認為該書非出自一時一人之手。周公，西周初年的政治家，周文王之子，武王之弟，姓姬名旦。武王死後，曾輔佐成王理政。❹爾雅有張仲孝友　《爾雅・釋訓》有云：「張仲孝友，善父母為孝，善兄弟為友。」張仲，周宣王時賢臣，為人忠孝友善。❺宣王　即周宣王，姓姬名靜，厲王之子，西元前八二八年至西元前七八二年在位，晚於周公旦三百餘年。因為周宣王所處的時代後於周公旦，而《爾雅》記有宣王時代人，故本則下文說《爾雅》「非周公之制明矣」。❻揚子雲　即揚雄，見本書卷二「揚雄夢鳳作《太玄》」條所注。❼游夏之儔　游、夏，即子游、子夏，均為孔子的弟子。子游，姓言名偃，子游為其字。子夏，姓卜名商，子夏為其字。案：孔子弟子中，子游、子夏以精通古代文獻見長。孔子曾說：「文學，子游、子夏。」（《論語・先進》）所以，揚雄談及孔子弟子編輯《爾雅》「以解釋六藝」時，特舉出游、夏二人。儔，輩。❽六藝　指儒家的六部經書：《詩經》、《尚書》、《禮記》、《樂經》、《易經》、《春秋》。❾家君　見本書卷二「彈棋代蹴踘」條所注。❿外戚傳　書篇名。古代史書常給帝王的母族、妻族人氏立傳，曰「外戚世家」（如《史記》），或曰「外戚傳」（如《漢書》）。此處所謂「外戚傳」，究竟隸屬何種史書，為誰人所作，今已難以查考。⓫史佚　也作「史逸」。周初史官。周代史官常以字書教習兒童。⓬小學　即今所謂語言文字之學。⓭孔子教魯哀公學爾雅　《大戴禮記・小辨》：「（魯哀）公曰：『寡人欲學小辨以觀於政，其可乎？』……（孔）子曰：『循弦以觀於樂，足以辨風矣；爾雅以觀於古，足以辨言矣。』」盧辯注曰：「爾，近也，謂依於雅頌。」由此可見，本則引用《大戴禮記》，是略其文而用其意，但曲解了《大戴禮記》中「爾雅」一詞的涵義（因其「爾雅」非指書名）。魯哀公，春秋末魯國國君。⓮足　補充。

【語　譯】郭威，字文偉，是茂陵人。他喜愛讀書，認為《爾雅》是周公旦撰著的。但是，《爾雅》中有「張仲孝友」的話，而張仲是周宣王時代的人，這樣看來，《爾雅》不是周公旦所著，就很明顯了。我曾向揚雄問起這個問題，揚雄說：「是孔子的弟子子游、子夏之輩所記述的，用以解釋六經。」我的父親認為：「〈外戚傳〉中說『周代史官史佚用《爾雅》來教他們的孩子』，這《爾雅》，就是小學之書。」此外，《大戴禮記》中說：「孔子曾教導魯哀公學習《爾雅》。」可見《爾雅》的出現已很久遠了。過去那些傳授學問的人都說《爾雅》是周公旦所作，並說「張仲孝友」之類的話，是後人增補進去的。

七三 袁廣漢園林之侈

茂陵富人袁廣漢❶，藏鏹巨萬❷，家僮八九百人。於北邙山❸下築園，東西四里，南北五里，激❹流水注其內，構石為山，高十餘丈，連延數里。養白鸚鵡，紫鴛鴦，牦牛❺，青兕❻，奇獸怪禽，委積❼其內。積沙為洲嶼❽，激水為波潮，其中致江鷗海鶴，孕雛產鷇❾，延漫林池。奇樹異草，靡不具植。屋皆徘徊❿連屬，重閣修廊⓫，行之移晷⓬不能徧也。廣漢後有罪誅，沒入官園，鳥獸草木，皆移植上林苑⓭中。

【章旨】本章記茂陵富人袁廣漢，其私園的設置及景觀，彰顯了這個豪強大戶生活的奢華。

【注釋】❶袁廣漢　人名，生平事跡他書無載。❷藏鏹巨萬　鏹，通「繈」。本指穿錢的繩索，即錢貫，此引申指錢。巨萬，見本書卷二「畫工棄市」條所注。❸北邙山　山名，亦稱北芒巖或始平原。在漢長安城北，今咸陽北至興平一帶。❹激　阻遏水勢。❺牦牛　也作「犛牛」、「旄牛」。牛之一種，其身多長毛。《說文解字》：「犛，西南夷長髦牛也。」❻兕　像野牛，色青，皮堅厚可製鎧甲。或說兕就是雌性犀牛。❼委積　聚集。❽洲嶼　水中沙洲。嶼，通「淤」。❾鷇　須母鳥哺食的幼鳥。❿徘徊　來回地走動。此處形容房屋盤旋回環之狀。

⓫修廊　長廊。⓬移晷　日影移動。言多時。晷，日影。⓭上林苑　苑名，見本書卷一「上林名果異木」條所注。

【語　譯】茂陵的富人袁廣漢，家有數以億計的錢財，家中的僮僕有八、九百人。他在北邙山下建了一座園林，東西四里長，南北五里長，阻截流水，使之注入園中。園中壘石為山，高十多丈，連綿數里。又養有白鸚鵡、紫鴛鴦、牦牛、青兕等，珍奇怪異的禽獸，都聚集在園中。堆積沙土建成水中沙洲，阻截來的流水，掀動著波浪，園中招來了江鷗和海鶴，牠們孕育產生的幼鳥，遍布園中的樹林和水池。珍稀奇異的草木，無不種植。園中的房屋，都是迴旋連接，還有疊層的樓閣和長長的廊房，走在裏面，很久還不能走遍。袁廣漢後來犯罪被殺，其園被沒收為官府園林，園中的鳥獸草木，也都被移置到了上林苑中。

七四 五柞宮石騏驎

五柞宮有五柞樹❶，皆連抱，上枝蔭覆數十畝❷。其宮西有青梧觀❸，觀前有三梧桐樹。樹下有石騏驎❹二枚，刊其脅為文字❺，是秦始皇驪山墓上物也。頭高一丈三尺。東邊者前左腳折，折處有赤如血。父老謂其有神，皆含血屬❻筋焉。

【章　旨】此章記五柞宮神異的石騏驎。

【注　釋】❶五柞宮有五柞樹　五柞宮，西漢離宮名，建於漢武帝年間，故址在今陝西周至東南。柞樹，樹之一種，其木質堅韌，可為鑿柄，故民間又稱「鑿子木」。其樹皮、樹葉可入藥。❷畝　見本書卷二「雷火燃木得蛟龍骨」條所注。❸青梧觀　《三輔黃圖》：「青梧觀，在五柞宮之西，觀亦有三梧桐樹。」❹騏驎　同「麒麟」。古代傳說中的仁獸名，雄曰麒，雌曰麟，其狀為麇身、牛尾、狼蹄、一角。❺刊其脅為文字　謂在石麒麟的胸部兩側，刻上了文字。刊，雕刻。❻屬　連接。

【語　譯】五柞宮裏有五棵柞樹，都有兩手圍抱那麼粗，樹頂上枝葉的陰影可遮住幾十畝地。五柞宮的西面有青梧觀，觀前有三棵梧桐樹。樹下有兩尊石雕麒麟，石麒麟的胸部兩側刻有文字。這兩尊石麒麟，是秦始皇驪山陵墓上的物品。其頭高一丈三尺，東邊前面的左腳斷了，斷的地方有赤紅的顏色，像血，老年人說這石麒麟有神氣，身上含著血，連有筋。

七五 咸陽宮異物

高祖初入咸陽宮❶，周行庫府❷，金玉珍寶，不可稱言。其尤驚異者，有青玉五枝燈，高七尺五寸，下作蟠螭❸，以口銜燈，燈燃，鱗甲皆動，煥炳❹若列星盈室❺焉。復鑄銅人十二枚，坐皆高三尺，列於一筵上，琴筑笙竽❻，各有所執，皆綴花彩，儼若生人。筵下有二銅管，上口高數尺，出筵後。其一管空，一管內有繩，大如指，使一人吹空管，一人紐❼繩，則眾樂皆作，與真樂不異焉。有琴長六尺，安十三絃，二十六徽❽，皆用七寶飾之，銘曰：「璠璵❾之樂」。玉管長二尺三寸，六孔，吹之則見車馬山林，隱轔相次❿，吹息，亦不復見。銘曰：「昭華之琯⓫」。有方鏡廣四尺，高五尺九寸，表裏有明，人直⓬來照之，影則倒見。以手捫心⓭而來，則見腸胃五臟，歷然無礙⓮。人有疾病在內，則掩心而照之，則知病之所在。又女子有邪心，則膽張心動⓯。秦始皇常以照宮人，膽張心動者則殺之。高祖悉封閉以待項羽⓰，羽併將以東⓱，後不知所在。

【章旨】此章記高祖劉邦初入秦始皇咸陽宮時所見之珍寶異物，如青玉五枝燈、璠璵樂、昭華琯、方鏡等，映現了始皇往日的驕奢。

【注釋】❶咸陽宮　宮殿名，秦始皇統一六國後建造，故址在今陝西咸陽東北。秦亡，咸陽宮被項羽焚毀。西元前二〇六年，劉邦率兵攻入咸陽。其初入咸陽宮的時間，當在此年。❷庫府　官府存放財物的倉庫。❸蟠螭　盤伏屈曲的龍。螭，見本書卷二「文帝良馬九乘」條所注。❹煥炳　明亮的樣子。❺盈室　滿屋。❻琴筑笙竽　均為樂器名。筑，見本書卷一「戚夫人歌舞」條所注。笙，管樂器，由簧片、笙管、斗子三部分組成。竽，管樂器，以竹木製作，形似笙而略大，由竽斗、竽嘴和二十餘根竽管構成。❼紐　提。❽徽　琴上繫弦的繩子。後指琴上指示音節的標識物。❾璠璵　春秋時魯國的美玉。此以璠璵言樂，喻其美好。❿隱轔相次　謂管聲若車聲相接。隱轔，象車聲，即隱隱轔轔。⓫昭華之琯　古代管樂器，即玉管。昭華，美玉名。此以「昭華」名琯，言其精美。琯，同「管」。⓬直　此謂當面。⓭捫心　撫摸心口。⓮歷然無礙　謂清晰可辨，無物遮掩。⓯膽張心動　猶言膽戰心驚，謂驚悸、恐懼。⓰項羽　名籍，字羽，秦末下相（今江蘇宿遷）人，生於西元前二三二年，卒於西元前二〇二年。初從叔父項梁起兵抗秦。梁兵敗而死，項羽遂領其餘部擊秦，九戰皆捷。秦亡後，自立為西楚霸王，與劉邦爭奪天下，後被劉邦擊敗，自刎於烏江。本則所記劉邦入關封閉府庫以待項羽事，《史記・項羽本紀》有載。⑰羽併將以東　謂項羽帶著所有的珍寶向東而去。將，攜帶。

【語　譯】漢高祖劉邦當初進入咸陽宮時，在宮中的倉庫裏走了一遭，倉庫中的金玉珍寶，奇異得讓人無法稱說。其中最使劉邦感到驚異的是，有一種青玉五枝燈，高七尺五寸，燈下做了一條盤伏的龍，並用龍口銜住燈，燈點燃時，龍身上的鱗甲都活動起來，閃爍著光亮，就像眾多的星星布滿在屋子裏。還鑄造了十二個銅人，坐著都有三尺高，圍坐在一筵席上；琴筑笙竽等樂器，每個銅人各拿一件，樂器上都綴結著花形彩飾，銅人都像活人一樣。筵席下有兩根銅管，上口高達數尺，從筵席後邊伸出。其中一根管是空的，另一根管內有繩子，粗如手指，讓一人吹空管，一人拉繩子，各種樂器就會都演奏起來，與真的樂器演奏沒有差別。有一種琴，長六尺，安有十三根琴弦，二十六個琴徽，都用多種寶物裝飾，琴上刻著銘文：「璠璵之樂」。有一根玉管，二尺三寸長，上有六個孔，吹起來，就好像能看見車馬穿行山林時，發出隱隱轔轔聲音的馬車，一輛接著一輛。吹奏一停歇，就再也看不見了。玉管上刻著銘文：「昭華之琯」。有一塊方鏡，寬四尺，高五尺九寸，裏外都透明。人正面對著鏡子照時，人像就倒著顯現出來。用手撫摸胸口來照，就能看到腸胃和五臟，十分清晰。人有疾病在體內，就捂住胸口來照，可以知道病的位置。此外，女人如有淫邪之心，照了鏡子，就害怕得膽戰心驚。秦始皇經常用這塊方鏡來查照宮女，發現有膽戰心驚的人就殺掉。高祖劉邦，把這些珍寶全部封存起來，以待項羽來。項羽後來攜帶所有的珍寶東去，以後就不知道這些寶物流落在什麼地方了。

七六　鮫魚／荔枝

尉佗❶獻高祖鮫魚❷、荔枝，高祖報以蒲桃錦❸四匹。

【章　旨】此章記漢時南海都尉趙佗，向高祖進獻鮫魚、荔枝一事。

【注　釋】❶尉佗　即南海都尉趙佗。見本書卷一「珊瑚高丈二」條所注。❷鮫魚　即鯊魚。見本書卷二「雷火燃木得蛟龍骨」條所注。❸蒲桃錦　見本書卷一「霍顯為淳于衍起第贈金」條所注。

【語　譯】南海都尉趙佗向高祖劉邦進獻鯊魚、荔枝，高祖以蒲桃錦四匹回贈他。

七七　戚夫人侍兒言宮中樂事

戚夫人侍兒賈佩蘭❶，後出為扶風人段儒❷妻。說在宮內時，見戚夫人侍高帝，嘗以趙王如意為言❸，而高祖思之，幾半日不言，嘆息悽愴，而未知其術❹，輒使夫人擊筑❺，高祖歌〈大風詩〉❻以和之。又說在宮內時，嘗以絃管歌舞相娛，競為妖服❼，以趣良時❽。十月十五日，共入靈女廟❾，以豚黍❿樂神，吹笛擊筑，歌〈上靈〉之曲⓫。既而相與連臂，踏地為節，歌〈赤鳳凰來〉⓬。至七月七日，臨百子池⓭，作于闐樂⓮。樂畢，以五色縷⓯相羈，謂為相連受⓰。八月四日，出雕房北戶⓱，竹下圍棋，勝者終年有福，負者終年疾病，取絲縷就北辰星⓲求長命乃免。九月九日，佩茱萸⓳，食蓬餌⓴，飲菊花酒㉑，令人長壽。菊花舒時，並採莖葉，雜黍米釀之，至來年九月九日始熟，就飲焉，故謂之菊花酒。

正月上辰㉒，出池邊盥濯㉓，食蓬餌，以祓妖邪㉔。三月上巳㉕張樂於流水。如此終歲焉。戚夫人死，侍兒皆復為民妻也。

【章　旨】此章記曾為戚夫人侍女的賈佩蘭，回憶當年漢宮中的一些樂事，展示了漢時人們繫五色縷、插茱萸、飲菊花酒、上巳祓禊等風俗習慣。

【注　釋】❶戚夫人侍兒賈佩蘭　戚夫人，見本書卷一「戚夫人歌舞」條所注。賈佩蘭，人名，生平事跡難以詳考。❷扶風人段儒　扶風，即右扶風，漢代京畿行政區劃名，為三輔之一。故地在今陝西西安長安區以東。段儒，生平事跡未詳。❸嘗以趙王如意為言　謂曾以趙王如意為話題。此指戚夫人談論立如意為太子事。見《漢書・高祖呂皇后傳》。趙王如意，見本書卷一「魚藻宮」條所注。❹術　辦法。案：劉邦曾多次欲立如意為太子而廢劉盈，但遭到了叔孫通等公卿大臣及劉盈之母呂后的反對而未果，故此處謂劉邦「未知其術」。❺擊筑　見本書卷一「戚夫人歌舞」條所注。❻大風詩　即〈大風歌〉：「大風起兮雲飛揚，威加海內兮歸故鄉，安得猛士兮守四方！」為劉邦所作。見《漢書・高帝紀》。❼妖服　豔麗的服裝。❽以趣良時　趣，趨赴。此引申作度過講。良時，美好的時光。❾靈女廟　未詳，待考。❿豚黍　小豬與糯米。⓫上靈之曲　古歌曲名。今難知其詳，據本則內容推測，當是用以娛神的歌曲。⓬赤鳳凰來　古歌曲名，傳為周成王所作。⓭百子池　漢苑池名，在建章宮西、上林苑中。⓮于闐樂　泛指西域地區音樂。于闐，漢代西域城國，在今新疆和田一帶。⓯五色縷　見本書卷一「身毒國寶鏡」條所注。⓰受　同「綬」。絲帶。⓱雕房北戶　雕房，以彩畫裝飾的房子。北戶，朝北向的門。⓲北辰星　北極星。古時，所謂北極星，由太子、天樞等五星聚成。在古人的觀念中，北極星是北方天星中最尊貴者。⓳茱萸　植物名，生川谷中，果實香濃。古代風俗：九月九日佩帶茱萸以消災避邪。⓴蓬

餌　攙以蓬蒿製作的餅子。古有食蓬餌以消災、延年的風俗，稱為「食餌」。㉑菊花酒　用菊花釀製的酒。古人認為，以菊花作飲料，可以延年益壽。㉒正月上辰　農曆正月的第一個辰日。㉓盥濯　洗滌。㉔祓妖邪　除袪邪惡與災禍。祓，古人為除災祈福而舉行的祭禮。㉕三月上巳　農曆三月的第一個巳日。古代民俗：三月上巳日到水濱洗濯，洗去宿垢，以此驅邪除病，稱祓禊。舉行此類活動時，常有人攜酒食宴飲，稱禊飲。

【語　譯】戚夫人的侍女賈佩蘭，後來出宮做了扶風人段儒的妻子。她說在皇宮時，看見戚夫人侍奉高祖，曾向高祖談起趙王如意的事，高祖思索這事，但好半天沒有說話，哀聲嘆息，情緒悲傷，而不知道該怎麼辦，就讓戚夫人敲筑，他自己唱起〈大風歌〉相和。又說在皇宮的時候，曾經用弦、管樂器伴奏，來歌舞娛樂，大家爭著穿上豔美的服裝，去共度美好的時光。十月十五日，大家一同去靈女廟，用小豬和糯米祭神，吹笛敲筑，歌唱〈上靈〉之曲。然後大家相互拉著手臂，以腳踏地為節拍，歌唱〈赤鳳凰來〉。到了七月七日，來到百子池，演奏于闐樂曲。演奏完後，用五彩絲線相互連繫，稱之為相連綬。八月四日，走出雕房的北門，來到竹林下面下圍棋，贏棋的人，一年到頭將有好運，輸棋的人，一年到頭將有疾病，要拿彩色絲線向北極星祈求長命後，才能免去病災。九月九日，佩帶茱萸，吃蓬蒿餅，喝菊花酒，能使人延年益壽。菊花開放的時候，同時採來菊花的莖葉，混合糯米以釀酒，到第二年的九月九日，酒才開始釀熟，就可以喝了，所以稱為菊花酒。正月的第一個辰日，出外到池邊洗滌污垢，吃蓬蒿餅，以此驅除妖邪。三月的上巳日，在流水邊演奏音樂。一年就這樣過完。戚夫人死後，侍女們都做了平民的妻子。

七八　何武葬北邙

何武葬北邙山薄龍坂❶，王嘉❷冢東北一里。

【章　旨】本章記何武墓地之方位。

【注　釋】❶何武葬北邙山薄龍坂　何武，字君公，蜀郡郫縣（今四川郫縣北）人，生年未詳，卒於西元三年。宣帝時，歷任刺史、丞相司直、太守、廷尉等職；成帝時，官至大司空，封氾鄉侯。後被王莽及其同黨誣陷，遂自殺。見《漢書·何武傳》。北邙山，見本卷「袁廣漢園林之侈」條所注。薄龍坂，地名。❷王嘉　字公仲，西漢末平陵（今陝西咸陽西北）人。哀帝時為丞相，封新甫侯。為人剛直，堅毅威嚴，曾上疏哀帝，指陳時弊，力求變革，因而得罪了權貴董賢等人，後被捕入獄，不食嘔血而死。《漢書》有傳。

【語　譯】何武葬在北邙山的薄龍坂上，在王嘉墓東北一里處。

七九　生作葬文

杜子夏❶葬長安北四里，臨終作文曰：「魏郡❷杜鄴，立志忠款❸，犬馬未陳❹，奄先草露❺。骨肉歸於后土❻，氣魂無所不之❼，何必故丘，然後即化❽。封於長安北郭❾，此焉宴息❿。」及死，命刊石，埋於墓側。墓前種松柏樹五株，至今茂盛。

【章　旨】本章記杜鄴臨死之時所作的墓誌銘文，表達了壯志未酬的遺憾，以及死葬「何必故丘」的曠達之情。

【注　釋】❶杜子夏　即杜鄴，字子夏。本是魏郡繁陽（今河南內黃東北）人，武帝時遷至茂陵。成帝時，與大司馬衛將軍王商相友善，被除主簿，復舉侍御史。哀帝即位，遷為涼州刺史。鄴居職寬舒，少威嚴，數年後以病免。後病死。曾從張敞之子張吉治文字之學，頗有造詣。《漢書》有傳。❷魏郡　漢郡名，高帝十二年（西元前一九五年）置，治所在鄴縣（今河北臨漳西南）。❸忠款　忠誠專一。❹犬馬未陳　謂自己未能對皇上表達忠誠。犬馬，古代臣子對君主的自謙之稱。❺奄先草露　謂突然早逝。奄，忽然。先草露，比草上的露珠先消逝，喻年壽不大而死。❻后土　古代稱地神或土神為后土。此指土地。❼之　往。❽化　古人對死的一種委婉的說法。❾封於長安北郭　封，聚土為墳。北郭，北面的外城。郭，指在內城外圍加築的城牆。❿宴息　安息。

【語　譯】杜子夏葬在長安城北四里遠的地方，臨死的時候，他作了一篇文章，寫道：「魏郡杜鄴，立志忠誠。還沒來得及向皇上盡忠效力，就突然比草露還要快地消亡了。骨肉葬於大地，魂魄卻隨處可去，死後何必要葬在故鄉的土地上呢？把墳墓築在長安的北外城，我就在這裏安息。」並囑咐死後將文章刻在石上，埋在墳墓的旁側。他的墓前種了五棵松柏，到現在還生長得很茂盛。

八〇 淮南《鴻烈》

淮南王安著《鴻烈》二十一篇❶。鴻，大也；烈，明也；言大明禮教。號為《淮南子》，一曰《劉安子》。自云：「字中皆挾風霜❷。」揚子雲以為一出一入❸。

【章　旨】此章記《淮南鴻烈》一書得名的由來，同時敘及揚雄對該書的看法。

【注　釋】❶淮南王安句　淮南王安，即淮南王劉安。參見本卷「淮南與方士俱去」條所注。鴻烈，即《淮南子》，亦稱《淮南鴻烈》，原有內篇和外篇，共五十四篇。今僅存內篇。內容大旨歸於道家的自然天道觀，但也雜入了一些其他學說。❷風霜　此喻凌厲之氣。❸揚子雲以為一出一入　揚子雲，即揚雄。一出一入，言《鴻烈》書名的含意，及淮南王劉安對書的自我評價，與其書的實際不完全相符。

【語　譯】淮南王劉安著《鴻烈》二十一篇。鴻，是大的意思；烈，是明的意思。書名的含意是說光大和闡明禮教。書名為《淮南子》，又稱《劉安子》。劉安自稱：「字裏行間都挾帶著凌厲之氣。」揚子雲認為上述說法，與書的實際不太相符。

八三 賦假相如

長安有慶虬之❶，亦善為賦，嘗為〈清思賦〉，時人不之貴❷也，乃託以相如所作，遂大見❸重於世。

【章旨】此章記慶虬之作賦託名相如之事，從側面反映了相如賦在當時的崇高地位。

【注釋】❶慶虬之 人名，生平未詳。❷不之貴 不以之為貴。意謂不看重它。❸見 被。

【語譯】長安有個名叫慶虬之的人，也很會作賦，曾寫過一篇〈清思賦〉，不被當時的人看重，他就假託是司馬相如所作，於是很受世人重視。

八四 〈大人賦〉

相如將獻賦❶，未知所為，夢一黃衣翁謂之曰：「可為〈大人賦〉❷。」遂作〈大人賦〉，言神仙之事以獻之，賜錦四匹。

【章旨】本章記司馬相如夢中受老翁指點，作〈大人賦〉以獻皇上。

【注釋】❶獻賦　兩漢時，盛行獻賦之風。所獻之賦，多半是為著替皇上點綴昇平，而給自己鋪設晉身發跡的道路，故「抒下情」、「通諷諭」者少，而「宣上德」、「盡忠孝」者多。❷大人賦　賦名，司馬相如所作。賦記中山大人「乘雲氣而上浮」，以遊仙界的情景。見《漢書・司馬相如傳》。

【語譯】司馬相如要向皇上獻賦，不知道該寫什麼，夢中見一位穿著黃衣服的老先生對他說：「可以寫〈大人賦〉。」於是，相如寫作了〈大人賦〉，講神仙之事，拿去獻給皇上，皇上賜給他四匹錦。

八五 〈白頭吟〉

相如將聘❶茂陵人女為妾，卓文君作〈白頭吟〉以自絕❷，相如乃止。

【章　旨】此章寫卓文君賦詩明志以抗相如娶妾之事，表現了文君倔強的個性。

【注　釋】❶聘　娶。❷卓文君作白頭吟以自絕　卓文君，見本書卷二「相如死渴」條所注。白頭吟，根據樂府楚調「白頭吟」寫作的歌詞，今尚存，傳為卓文君所作，詞曰：「皚如山上雪，皎若雲間月。聞君有兩意，故來相訣絕。今日斗酒會，明旦溝水頭；躞蹀御溝上，溝水東西流。淒淒復淒淒，嫁娶不須啼；願得一心人，白頭不相離。竹竿何嫋嫋，魚尾何簁簁。男兒重意氣，何用錢刀為！」見《玉臺新詠》。絕，決絕，意謂永遠分別。

【語　譯】司馬相如準備娶茂陵一人家的女兒為妾，卓文君寫了〈白頭吟〉，用以表達自己與相如一刀兩斷的決心，相如就打消了娶妾的念頭。

八六　樊噲問瑞應

樊將軍噲問陸賈❶曰：「自古人君皆云受命於天❷，云有瑞應❸，豈有是乎？」賈應之曰：「有之。夫目瞤❹得酒食，燈火華得錢財，乾鵲噪而行人至❺，蜘蛛集而百事喜。小既有徵❻，大亦宜然。故目瞤則咒❼之，火華則拜之，乾鵲噪則餧之，蜘蛛集則放之，況天下大寶❽，人君重位，非天命何以得之哉？瑞者，寶也，信❾也。天以寶為信，應人之德，故曰瑞應。無天命，無寶信，不可以力取也❿。」

【章　旨】此章記西漢思想家、政治家陸賈，應將軍樊噲之問，而釋古君王瑞應之事。

【注　釋】❶樊將軍噲問陸賈　樊將軍噲，即樊噲，漢初劉邦部下的將領，沛縣（今屬江蘇）人，生年未詳，卒於西元前一八九年。少時以屠狗為業，後追隨劉邦，在抗秦及楚漢戰爭中，屢建大功。建漢後，任左丞相，封舞陽侯。《漢書》有傳。陸賈，漢初思想家、政治家，從劉邦建漢王朝，有辯才，曾兩度出使南越，官至太中大夫。著《新語》十二篇，大旨為崇王道，黜霸術。❷自古人君皆云受命於天　古人認為君權神授，把君王看得至為尊貴、神聖，以其為上天所生，是天意的執行者。故此，古代君王又有天子之稱。❸瑞應　古代迷信以天降祥瑞而應君王之德為瑞應。❹瞤　眼皮跳動。今民間尚以眼跳為吉、凶之兆。❺乾鵲噪而行人至　乾鵲，即喜鵲。行人，此指客人。❻徵　徵兆。❼咒　祝告；祈禱。❽大寶　最貴重的寶物。後亦指帝位。❾信　猶徵兆。❿無天命三句　在古人的觀念裏，帝王獲得的一切，都是上天賜與，非人力所求得。

【語　譯】樊噲將軍問陸賈說：「自古以來的君王，都說是受命於上天，還有瑞應，難道真的有這回事嗎？」陸賈回答說：「有的。眼皮跳，就會有酒飯吃；燈花閃，就會得到錢財；喜鵲叫，就有客人要來；蜘蛛聚集到一塊，表示百事吉利。既然這些小事都有徵兆，那麼大事也應該如此。所以，眼皮跳就禱告，燈花閃就拜謝，喜鵲叫就給牠吃的東西，蜘蛛集到一塊，就放心無慮。何況天下最寶貴的東西，帝王的重要位置，不是有天命，又怎麼能夠得到呢？祥瑞，就是寶物，就是徵兆。天用祥瑞這種寶物作為徵兆，以與人的德行相對應，所以稱為瑞應。沒有天命，沒有祥瑞之兆，是不可能用人力獲得的。」

八七 霍妻雙生

霍將軍妻❶一產二子，疑所為兄弟。或曰：「前生者為兄，後生者為弟。今雖俱日❷，亦宜以先生為兄。」或曰：「居上者❸宜為兄，居下者宜為弟。居下者前生，今宜以前生為弟。」時霍光聞之曰：「昔殷王祖甲❹一產二子，曰嚻❺，曰良。以卯日生嚻，以巳日生良❻，則以嚻為兄，以良為弟。若以在上者為兄，嚻亦當為弟。昔許釐公❼一產二女，曰妜，曰茂。楚大夫唐勒❽一產二子，一男一女，男曰貞夫，女曰瓊華，皆以先生為長。近代鄭昌時、文長蒨❾，並生二男，滕公❿一生二女，李黎⓫生一男一女，並以前生者為長。」霍氏⓬亦以前生為兄焉。

【章旨】此章記霍光妻一胎生二子，霍光論二子長幼之別。

【注釋】❶霍將軍妻　即霍光之妻霍顯。見本書卷一「霍顯為淳于衍起第贈金」條所注。❷俱日　同日。❸居上者　謂處母體胎胞之上位者。❹殷王祖甲　商代第二十二代國王，武丁之子，祖庚之弟，亦稱帝甲。❺嚻相如的文章，通篇典雅華麗，枚皋的文章，則時有病句。由此可知，寫得太快，文章就難以寫好。揚雄說：「在部隊行軍的緊張時刻，在戰馬奔騰的非常時期，寫作那些需要飛快傳遞的書信和檄文，要用枚皋；在廟堂之下，朝廷之中，寫作詔令之類的重要公文，要用相如。」

卷四

八九　真算知死

安定嵩真❶，玄菟曹元理❷，並明算術❸，皆成帝時人。真嘗自算其年壽七十三，綏和元年正月二十五日晡時死❹，書其壁以記之。至二十四日晡時死。其妻曰：「見真算時，長下一算❺，欲以告之，慮脫有旨❻，故不敢言，今果校❼一日。」真又曰：「北邙❽青隴上，孤檟❾之西四丈所❿，鑿之入七尺，吾欲葬此地。」及真死，依言往掘，得古時空槨⓫，即以葬焉。

上蒸豘㉔一頭，廚中荔枝一柈㉕，皆可為設。」廣漢再拜謝罪，自入取之，盡日為歡。其術後傳南季㉖，南季傳項瑫㉗，瑫傳子陸㉘，皆得其分數㉙，而失玄妙焉。

【章　旨】此章記曹元理推算友人陳廣漢家藏之米數及資財事，突現了曹氏算術的神奇玄妙。

【注　釋】❶元理　即上則所提及的曹元理。❷陳廣漢　人名，生平未詳。❸二囷米　兩圓倉米。囷，圓形糧倉。❹石　容量單位。漢時一石為十斗。參見本書卷二「魯恭王禽鬥」條所注。❺食筯　即吃飯用的筷子。筯，同「箸」。❻十餘轉　謂以筷子轉了十多圈。❼二升七合　升、合，均為容量單位。❽署　題寫文字。❾堪　容納。❿圭　容量單位。此以圭合極言數量之微。⓫過　探訪。⓬遂　竟；終。⓭殊米　與米不相同。⓮剝面皮　謂人厚顏不知羞恥。⓯脯　乾肉。⓰藷蔗　也作「諸蔗」。即今之所謂甘蔗。⓱匾　片。⓲蹲鴟　大芋頭，因其形似蹲伏的鴟鳥，故名。又稱踆鴟。⓳犢　小牛。⓴將　攜帶。㉑果蓏肴蔌　蓏，瓜類等蔓生植物的果實。肴蔌，肉魚、蔬菜。㉒此資業之廣二句　大意是說：你的家業資財這麼多，為什麼待客卻這樣小氣。供，供奉。偏，偏私；不公。此處意謂吝嗇，不大方。邪，同「耶」。疑問語氣詞。㉓有倉卒客二句　字面意思是說，客人是可以倉卒而來，但作為主人待客，不能倉卒，應有準備。其言外之意是說，自己沒有待好客人，是因為客人來得倉卒，自己沒有充分準備。㉔俎上蒸豘　俎，切肉、菜用的砧板。豘，同「豚」。小豬。㉕荔枝一柈　荔枝，水果名。柈，同「盤」。㉖南季　人名，生平未詳。㉗項瑫　人名，生平未詳。㉘陸　項陸，人名，生平未詳。㉙分數　法度；規範。此指推算術的基本法則。

【語　譯】曹元理曾去探望他的朋友陳廣漢，陳廣漢說：「我家有兩圓倉米，但忘記了米的石數，請您為我算算。」元理用筷子轉了十幾圈，說：「東邊圓倉的米有七百四十九石二升七合。」又轉了十幾圈，說：「西邊圓倉的米有六百九十七石八斗。」於是，就用大字把米數寫在了倉門上。後來，米出倉時，量得西邊圓倉的米有六百九十七石七斗九升，米中有一隻老鼠，大得可容於一升；東邊圓倉的米數一點不差。元理第二年又去探望廣漢，廣漢把量得的米數告訴了他，元理聽後用手拍床，說：「我竟然不知道老鼠不同於米，真是太丟臉了！」廣漢給他端來了酒，又給了他幾片鹿肉乾，元理又算了起來，說：「你家有甘蔗地二十五片，應收一千五百三十六根甘蔗。芋頭地三十七畝，應收六百七十三石芋頭。一千頭牛可產兩百頭小牛，一萬隻雞可帶出五萬隻小雞。」羊、豬、鵝、鴨，他都能說出數目。瓜、果、肉、菜，他都知道所在的地方。然後又說：「家產這麼多，你為什麼待客卻這樣小氣呢？」廣漢聽了很慚愧，說：「有倉促而來的客人，但沒有倉促待客的主人。」元理說：「你家砧板上的一頭清蒸小豬，廚櫃裏的一盤荔枝，都可拿來擺上。」廣漢兩次向他行禮謝罪，然後自己進去拿來了東西，與元理整天玩樂。元理的推算之術，後來傳給了南季，南季傳給了項瑫，項瑫又傳給了自己的兒子項陸，他們都只是學到了推算術的基本法則，而沒有學到推算術幽深微妙的旨趣。

九一　因獻命名

衛將軍青❶生子，或有獻騧馬❷者，乃命其子曰騧，字叔馬。其後改為登❸，字叔昇。

【章　旨】此章敘西漢大將軍衛青，為兒子命名、改名之事。

【注　釋】❶衛將軍青　即衛青，西漢名將，字仲卿，河東平陽（今山西臨汾西南）人，生年未詳，卒於西元前一〇六年。武帝時，官至大將軍。自元朔二年（西元前一二七年）至元狩四年（西元前一一九年），前後七次出擊匈奴，屢建戰功，又收河南地，置朔方郡。封長平侯。《史記》、《漢書》皆有傳。❷騧馬　身黃嘴黑的馬。❸登　即衛登，據《漢書・衛青傳》載，衛青有三子：長子伉，次子不疑，幼子登。元朔五年，三子賴父功蔭，皆封侯，登為發干侯。元鼎五年（西元前一一二年），三子皆因犯法而被免去侯位。本則所記衛登事，不見於正史。

【語　譯】大將軍衛青生得一子，有人來進獻騧馬，衛青就給兒子起名叫騧，字叔馬。後來改名為登，字叔昇。

九二　董賢寵遇過盛

哀帝為董賢起大第於北闕下❶，重五殿，洞六門❷，柱壁皆畫雲氣華蘤❸，山靈水怪，或衣以綈錦❹，或飾以金玉。南門三重，署曰南中門、南上門、南便門❺。東西各三門，隨方面題署亦如之。樓閣臺榭，轉相連注❻，山池玩好，窮盡雕麗。

【章旨】此章記述哀帝為董賢所建之大第宅的規模、結構及裝設，展現了董賢遭逢寵幸而驕奢、顯赫的境況。

【注釋】❶哀帝句　哀帝，即漢哀帝劉欣，元帝庶孫，生於西元前二六年，卒於西元前一年。幼時深得成帝喜愛，三歲立為定陶王，八歲立為太子。在位六年間，雖採取了種種措施以防謀逆、奢淫，但效績不佳。董賢，字聖卿，雲陽（今陝西淳化西北）人，生於西元前二二年，卒於西元前一年。哀帝時，以儀貌美麗、諂媚善柔而受寵幸，遷光祿大夫；出則與帝同車，入則與帝同臥，所受賞賜不計其數。封高安侯，官至大司馬。哀帝死，為王莽所劾，畏罪自殺。見《漢書・佞幸傳》。第，住宅。北闕，見本書卷一「蕭何營未央宮」條所注。❷重五殿二句　重殿，謂有前後殿。洞門，謂門門相對。此類建築規格，皆僭越天子之制度。❸蘤　古「花」字。❹綈錦　見本書卷一「几被以錦」條所注。❺便門　便殿之門，即正殿以外的旁門。❻轉相連注　謂眾樓、臺迴旋曲折地連接為一體。

【語　譯】漢哀帝為董賢在北闕之下建造了一座大宅第，前後殿有五排，兩兩相對的門有六組，殿中的柱子和牆壁上，都畫著雲氣花卉、山神水怪，有的還用厚厚的綈錦包裹，有的用金玉裝飾。南面有三重門，上面分別題寫著「南中門」、「南上門」、「南便門」。東西兩面各有三重門，依照各自的方向題寫了門名，也像南面的門一樣。樓閣亭臺，迴環曲繞，相互連接；假山水池及玩賞之物，都極其精巧華麗。

九三　三館待賓

平津侯❶自以布衣為宰相，乃開東閤❷，營客館❸，以招天下之士。其一曰欽賢館，以待大賢；次曰翹材❹館，以待大才；次曰接士館，以待國士❺。其有德任毗贊❻、佐理陰陽❼者，處欽賢之館。其有才堪九列❽、將軍二千石❾者，居翹材之館。其有一介❿之善、一方之藝，居接士之館。而躬自菲薄⓫、所得俸祿，以奉待之。

【章　旨】此章記漢武帝時，宰相公孫弘開閤設館，廣招賢才之事。

【注　釋】❶平津侯　即公孫弘。據《漢書・公孫弘傳》載：武帝元朔年間，公孫弘任丞相，被封為平津侯，封地在高成縣平津鄉（今河北鹽山縣南）。公孫弘，見本書卷二「公孫弘粟飯布被」條所注。❷閤　正門旁的小門，東向開之，以避開當庭的正門而迎引貴賓、賢人。本或作「閣」，盧本校作「閤」，今從之。❸客館　招待賓客的處所。案：公孫弘所修客館在丞相府中，於武帝時就已廢棄。❹翹材　傑出的人才。❺國士　國中才能出眾的人。❻毗贊　輔佐。❼佐理陰陽　調協助調順陰陽關係。案：古人不僅經常使用「陰陽」這一概念來解釋自然現象，而且也用以比附人事。儒家使用這一概念論說政事時，常指君臣、父子、夫婦等所守的禮法。❽九

列　即九卿。漢代九卿指：太常、光祿勳、衛尉、太僕、廷尉、大鴻臚、宗正、大司農、少府。九卿均為中央政府的高級職位，秩皆二千石。❾將軍二千石　將軍，武官名。漢置大將軍、驃騎將軍、車騎將軍、衛將軍及左、右、前、後將軍等。秩皆二千石。❿一介　喻微小。介，通「芥」。小草。⓫菲薄　微薄。此謂生活簡樸。

【語　譯】平津侯公孫弘自從以平民身分做了宰相後，就在府上的東邊開了一個小門，營建了客館，用來招納天下的人才。其中第一所客館叫欽賢館，用以接待最有德才的人；第二所客館叫翹材館，用以接待最有才幹的人；第三所客館叫接士館，用以接待國中有才能的人。那些德才可勝任輔佐君王或能協助理順陰陽關係的人，住在欽賢館中；那些才幹可以擔任九卿、將軍等二千石官職的人，住在翹材館中；那些有少數優點或一技之長的人，住在接士館中。公孫弘自己卻過著儉樸的生活，所得到的俸祿，都用來供養招待這些人。

九四　閩越鷳蜜

閩越王❶獻高帝石蜜五斛❷，蜜燭❸二百枚，白鷳黑鷳❹各一雙。高帝大悅，厚報遣其使。

【章　旨】此章記閩越王無諸向漢高祖進獻石蜜、蜜燭及鷳鳥之事。

【注　釋】❶閩越王　即無諸，佐漢開國有功，漢五年（西元前二〇二年），立為閩粵王，統治漢閩中郡（今福建省境內），都於治（今福建閩侯東北）。閩越，即閩粵，亦稱「東粵」，後為漢武帝滅。❷石蜜五斛　石蜜，即崖蜜，亦稱「巖蜜」，為野蜂在山巖間所釀的蜜，色青，味酸。斛，容量單位，十斗為一斛。❸蜜燭　取蜂巢提製的蠟燭。參見《本草綱目》卷三九「蜜燭」條。❹白鷳黑鷳　鳥名，為名貴的觀賞鳥。鷳似山雞而色白，有黑紋如漣漪，尾長三四尺，紅頰赤嘴丹爪。

【語　譯】閩越王進獻漢高祖石蜜五斛，蜜製蠟燭二百根，白鷳黑鷳各一雙。高祖十分高興，回贈了很多東西，讓閩越使者帶回去。

九五　滕公葬地

滕公駕至東都門❶，馬鳴，跼❷不肯前，以足跑地❸久之。滕公使士卒掘馬所跑地，入三尺所❹，得石槨。滕公以燭照之，有銘焉。乃以水寫❺其文，文字皆古異，左右莫能知。以問叔孫通❻，通曰：「科斗書❼也。以今文❽寫之，曰：『佳城鬱鬱❾，三千年見白日。吁嗟滕公居此室。』」滕公曰：「嗟乎，天也！吾死其即安此乎？」死遂葬焉。

【章　旨】此章記西漢滕公夏侯嬰墓葬之地獲得的經過。

【注　釋】❶滕公駕至東都門　滕公，即夏侯嬰，見本書卷三「霍妻雙生」條所注。東都門，漢長安城北第一門，又稱宣平門。參見本書卷一「縊殺如意」條「東郭門」注。❷跼　曲也。此言腿曲。❸跑地　以腳刨地。❹所　通「許」。表示大約的數目。❺寫　通「瀉」。沖洗。❻叔孫通　西漢薛縣（今山東滕縣南）人。秦時，曾為博士。秦末隨項羽從軍，後歸劉邦，任博士，號稷嗣君。劉邦建漢王朝後，通採擇古禮，結合秦制，為漢制定了朝章禮法，被稱為「漢家儒宗」。後任太子太傅。《史記》、《漢書》有傳。❼科斗書　古代字體之一種，又稱蝌蚪書、蝌斗文。以其筆劃頭粗尾細、形似蝌蚪而得名。❽今文　漢代稱當時通行的字體隸書為今文，稱漢以前的諸字體（如金文、篆書等）為古文。❾佳城鬱鬱　佳城，指墳墓。後世詩文以「佳城」為典指墳墓，源於此。鬱鬱，陰森貌。

【語　譯】滕公夏侯嬰駕車到了東都門，馬叫了起來，彎曲著腿不肯前行，並用腳在地上刨了很久。滕公命令士兵挖掘馬所刨過的土地，挖到三尺左右深時，發現了一副石製外棺，滕公用蠟燭照看，見上面刻有銘文，便用水沖洗外棺上的銘文，文字都很古老怪異，左右的人沒有誰能認識。去問叔孫通，叔孫通說：「這是蝌蚪文。用現在的隸書寫出這些文字，就是：『這個好地方陰暗幽深，三千年了才見太陽。啊！滕公，死了就住這裏。』」滕公說：「唉，天啊！我死了就在這兒安息嗎？」死後，他就葬在了那裏。

九六　韓嫣金彈

韓嫣好彈❶，常以金為丸❷。所失者日有十餘。長安為之語曰：「苦飢寒，逐金丸。」京師❸兒童每聞嫣出彈，輒隨之，望丸之所落，輒拾焉。

【章　旨】此章記漢武帝佞幸之臣韓嫣，以金為彈丸彈射取樂，京城兒童隨之拾丸事，表現了當時上層統治者生活的荒淫腐朽。

【注　釋】❶韓嫣好彈　韓嫣，人名，字王孫，武帝時官至上大夫，後因驕狂姦佞，而觸怒皇太后，被賜死。生前甚得武帝寵愛。見《漢書・佞幸傳》。好彈，喜愛用彈弓射彈丸。❷丸　彈丸。❸京師　國都。此指漢時長安。

【語　譯】韓嫣喜歡用彈弓射彈丸，常常用金子製作彈丸，每天彈射時，總要丟失十幾顆金彈丸。長安因此為他編了順口溜：「苦於飢和寒，跟去撿金丸。」京城的兒童們，每次只要一聽說韓嫣外出玩彈弓，就跟隨著他，觀望彈丸所落的地方，然後就去撿起來。

九七 司馬良史

司馬遷發憤作《史記》百三十篇❶，先達稱為良史之才❷。其以伯夷居列傳之首❸，以為善而無報❹也；為〈項羽本紀〉，以踞高位者，非關有德也❺。及其序屈原❻、賈誼❼，辭旨抑揚，悲而不傷❽，亦近代之偉才也。

【章　旨】此章敘司馬遷《史記》部分篇章的設置與寫作情況，作者對司馬遷及其《史記》，給予了高度的評價和讚揚。

【注　釋】❶司馬遷句　司馬遷，西漢著名史學家、文學家。字子長，夏陽（今陝西韓城）人，約生於西元前一四五年，卒於西元前八七年。自幼飽讀典籍。長大後，曾漫遊南北之地，考察風俗，採集傳說。初任郎中，元封三年（西元前一〇八年）繼其父司馬談之職，任太史令。後因替李陵降匈奴事辯解，獲罪下獄，受宮刑。出獄後任中書令，發憤著書，繼續並完成了《史記》的寫作。《史記》、《漢書》均有傳。史記，又稱《太史公書》，是中國最早的通史，開創了紀傳體史學和傳記文學。其書包括本紀、表、書、世家和列傳，共一百三十篇。其所記，上自黃帝，下至武帝太初（西元前一〇四年左右）年間。「發憤作《史記》」事，司馬遷撰〈報任安書〉敘之甚詳，可參閱。❷先達稱為良史之才　先達，頗有威望的前輩。此指劉向之輩。良史，優秀的史官。❸其

以伯夷居列傳之首　伯夷，人名，商朝末年孤竹君的長子。相傳孤竹君遺命，要立次子叔齊為繼承人，叔齊在其父死後，將父位讓與兄伯夷，伯夷不受。後來兩人共奔周國。周武王伐紂，兩人曾叩馬諫阻。周滅商朝後，兩人都恥食周粟，遂隱於首陽山採薇而食，後餓死山中。後世常把他們當作節操高尚的典範。居列傳之首，《史記》有列傳七十篇，其中，〈伯夷列傳〉為第一篇。❹以為善而無報　言伯夷志行高潔，為善人，但沒有得到好報。❺為項羽本紀三句　意謂司馬遷作〈項羽本紀〉，將項羽之傳，列於「本紀」之中，是因為項羽曾居高位，並不是因為他德行高尚。案：依照《史記》撰寫原則，書中的「本紀」，當記歷代帝王之事，即《漢書．司馬遷傳》所謂敘「王迹所興」以「見盛觀衰」。項羽未成帝業，而《史記》列其傳於「本紀」之中，說明司馬遷對其歷史地位極重視。❻屈原　戰國時著名詩人。名平，字原，楚國人。楚懷王時，曾任左徒、三閭大夫。主張彰明法度，改革政治。因被子蘭、靳尚所忌，遭讒去職。頃襄王時被放逐，流浪於沅湘一帶。楚郢都被秦兵攻破後，感於政治理想無法實現，憂憤悲愁，遂投汨羅江而死。所作〈離騷〉、〈九章〉等篇，對後世文學，產生了極大影響。❼賈誼　西漢政論家、文學家，洛陽（今屬河南）人，生於西元前二〇〇年，卒於西元前一六八年。文帝初年，召為博士，後遷太中大夫。因受到朝中守舊派的詆毀，被貶為長沙王太傅。渡湘水時，曾作賦弔屈原。後為梁懷王太傅。梁懷王墮馬死，他鬱鬱自傷，不久死去。他曾多次上疏，陳述革故圖新的治國方略。所著政論有〈陳政事疏〉、〈過秦論〉等，另有〈弔屈原文〉、〈鵩鳥賦〉等亦較有名。屈原與賈誼，皆以正道直行、精忠事國而遭讒受譏，才美未用於世，故司馬遷以其遭遇相似，合其傳為〈屈原賈生列傳〉。❽辭旨抑揚二句　此言《史記》中，屈、賈合傳之文勢，跌宕搖曳，情思悲壯，哀而不傷。

【語　譯】司馬遷發憤寫作了《史記》一百三十篇，前輩們稱讚他是出色的史官。他把〈伯夷列傳〉排作列傳的第一篇，是認為伯夷品行善美，但餓死而沒有得到好報；他寫〈項羽本紀〉，是因為項羽曾處在重要的位置上，並不是因為項羽有德行。他又為屈原、賈誼編列了合傳，文章的氣勢縱橫跌宕，情思悲而不傷，(司馬遷)也算得上是近代傑出的人才了。

九八　梁孝王忘憂館時豪七賦

梁孝王遊於忘憂之館❶，集諸遊士❷，各使為賦。

【章旨】此章記漢梁孝王招集四方遊士，作賦於忘憂館。

【注釋】❶梁孝王遊於忘憂之館　梁孝王，即漢文帝之子劉武。參見本書卷二「梁孝王宮囿」條所注。忘憂之館，宮室名，今難以詳考。❷集諸遊士　事見《漢書．梁孝王劉武傳》。遊士，從事遊說活動的人。

【語譯】梁孝王劉武在忘憂館遊樂時，招集了眾多的遊士，讓他們寫作辭賦。

枚乘❶為〈柳賦〉，其辭曰：「忘憂之館，垂條之木。枝逶遲而含紫❷，葉萋萋❸而吐綠。出入風雲，去來羽族❹。既上下而好音❺，亦黃衣而絳足❻。蜩螗厲響❼，蜘蛛吐絲。階草漠漠❽，白日遲遲❾。于嗟❿細柳，流亂輕絲⓫。君王淵穆⓬其度，御群英而玩之⓭。小臣瞽聵⓮，與⓯此陳詞。于嗟樂兮！於是罇盈縹玉之酒⓰，爵獻金漿之醪⓱。梁人作藷蔗酒，名金漿。庶羞千族⑱，盈滿六庖⑲。弱絲清管⑳，與風霜而共雕㉑，鎗鍠啾唧㉒，蕭條寂寥。雋乂英旄㉓，列襟聯袍㉔。小臣莫效於鴻毛㉕，空銜鮮而嗽醪㉖。雖復河清海竭，終無增景於邊撩㉗。」

【章旨】此章記錄枚乘所作之〈柳賦〉。該賦以館中之柳發端起興，敘寫孝王與諸門客宴飲於忘憂館時的歡樂場面，並表達了作者自己沒能效忠於君王的慚愧之情。

【注釋】❶枚乘　西漢辭賦家，字叔，淮陰（今屬江蘇）人，生年未詳，卒於西元前一四〇年。初為吳王劉濞郎中，後為梁孝王門客。武帝即位後，以安車蒲輪徵入京，死於途中。有賦九篇，今存〈七發〉等三篇。❷枝透遲而含紫　謂柳樹的枝條柔和彎曲，且呈紫色。透遲，曲折的樣子。❸萋萋　茂盛的樣子。❹羽族　鳥類。❺上下而好音　謂鳥上下飛動，且發出優美動聽的叫聲。語出《詩經・邶風・燕燕》：「燕燕于飛，上下其音。」❻黃衣而絳足　謂黃鸝身上有黃色的羽毛及深紅色的腳。黃衣，黃色的羽毛，此指黃鸝鳥。❼蜩螗厲響　謂蟬猛烈地鳴叫。蜩螗，即蟬。❽漠漠　繁密的樣子。❾遲遲　溫和舒緩的樣子。❿于嗟　同「吁嗟」。感嘆詞。⓫流亂輕絲　謂如絲的柳條紛紜散亂。流亂，通「撩亂」、「繚亂」。為雙聲聯綿詞，義為紛亂。⓬淵穆　深沈靜美的樣子。⓭御群英而玩之　言君王統領群臣觀賞柳樹。⓮小臣瞽聵　小臣，作者的自謙之詞。瞽聵，眼瞎、耳聾，此喻孤陋寡聞，沒有見識。⓯與　參與。⓰罇盈縹玉之酒　罇，古代一種圓形無足的酒器。縹玉之酒，一種顏色白中帶黃的美酒。⓱爵獻金漿之醪　爵，古代酒器，有三足兩耳，口作槽形。金漿之醪，即下文原注所謂藷蔗酒。藷蔗，即甘蔗，見本書卷四「曹算窮物」條所注。醪，醇酒。⓲庶羞千族　謂美味佳肴的種類繁多。庶，眾。羞，美味的食物。千族，千種，此極言其多。⑲六庖　此指王室的廚房。⑳弱絲清管　謂弦樂、管樂之聲柔美優雅。絲、管，分別指弦樂和管樂。㉑與風霜而共雕　謂管弦音樂停歇下來，就像風霜突然消逝一樣。㉒鎗鍠啾唧　均為象聲詞。鎗鍠，金屬物發出的響聲。啾唧，瑣細的聲音。㉓儁乂英旄　才德出眾的人。儁乂，同「俊乂」。才德過千人為俊，過百人為乂。英旄，同「英髦」。猶英俊。㉔列襟聯袍　此形容人數眾多，相互挨擦。襟、袍，本為衣著，此代指「儁乂英旄」之士，即眾門客。㉕莫效於鴻毛　沒有出一點力。效，效勞。鴻毛，雁毛，此喻微薄。㉖銜鮮而嗽醪　猶言吃肉喝酒。鮮，鳥獸魚等動物的肉。此處「鮮」承上文「庶羞千族」而言，泛指美味佳肴。㉗終無增景於邊撩　意謂終究不能為君王爭一點光。增景，增添光彩。邊撩，柳之邊梢，借喻言細微之事。

【語　譯】 枚乘寫了一篇〈柳賦〉，賦文為：「忘憂館中，有一棵枝條垂掛的柳樹。樹枝柔弱彎曲，皮呈紫色；樹葉茂盛濃密，顯露出翠綠色。風雲在枝葉間時進時出，鳥兒在枝葉間飛來飛去。既聽到小鳥邊飛邊唱的優美歌聲，又看到黃衣紅足的黃鸝。蟬兒使勁地鳴叫，蜘蛛口吐著細絲。臺階前綠草茂密，天空中陽光溫和。啊，柔細的柳條，紛紜披散，如同輕絲。君王的氣度沈穩靜美，他率領著群臣觀賞。我這一介小臣，無所見識，卻有幸參與這盛會，賦詩作文。這是多麼快樂啊！於是，酒罇中灌滿了淡黃色的美酒，酒爵中斟上了金漿之醪（梁國人釀的甘蔗酒，名叫金漿）。眾多的美味佳肴，有不少品類，堆滿了君王的廚房。輕柔優雅的管弦樂，突然像風霜一樣消逝了。鎗鍠的大聲與啾唧的小聲，也都停歇，歸於寂靜。俊傑英豪之士，挨肩擦背而聚。我沒能奉獻微薄之力，卻白白地在這裏吃吃喝喝。即使河乾海枯，我終究也無能為君王增添一點點光彩。」

路喬如❶為〈鶴賦〉，其辭曰：「白鳥朱冠，鼓翼池干❷。舉修距而躍躍❸，奮皓翅之䎱䎱❹。宛修頸而顧步❺，啄沙磧❻而相歡。豈忘赤霄❼之上，忽池籞而盤桓❽。飲清流而不舉，食稻粱而未安。故知野禽野性，未脫籠樊❾，賴吾王之廣愛，雖禽鳥兮抱恩❿。方騰驤⓫而鳴舞，憑朱檻⓬而為歡。」

【章　旨】此章記錄路喬如所作之〈鶴賦〉。該賦作者以白鶴自喻，通過對白鶴欲去不忍的情態描寫，表現了自己不願寄人籬下、受人約制，但又感於君王恩德，離之不忍的矛盾心理。

【注　釋】❶路喬如　人名，梁孝王門客。生平未詳。❷池干　池邊。干，本指河岸。❸舉修距而躍躍　謂白鶴舉起腳爪跳躍。修距，長腳爪。躍躍，疾跳的樣子。❹䎱䎱　疾飛的樣子。❺宛修頸而顧步　宛，彎。修，長。顧步，謂邊走邊回頭看。❻沙磧　沙石。❼赤霄　本指紅色飛雲，此指天空。❽忽池籞而盤桓　忽，忽然，此謂時間短促。池籞，供皇室遊息的園、池。❾籠樊　即樊籠，關鳥獸的籠子。❿抱恩　意謂心懷感恩戴德之情。⓫騰驤　飛騰奔跳。⓬朱檻　此指鳥籠上紅色的欄杆。

【語　譯】路喬如寫了一篇〈鶴賦〉，賦文為：「白鳥頭頂著紅冠，展開雙翅在池岸。舉起長爪蹦跳，扇動白翅飛上天。彎下長頸走且看，口啄沙石共為歡。難道是忘了赤雲天？只是在這池籞裏暫盤旋。喝著清淨的流水而不能高飛，吃著稻粱心也不甘。由此可知野禽本有野性，只是還沒有擺脫籠樊。依仗著君王您博大的厚愛，即使是禽鳥也對您的恩德銘感。白鶴正騰跳著鳴叫起舞，靠著紅色欄杆作樂尋歡。」

公孫詭❶為〈文鹿賦〉，其詞曰：「麀鹿濯濯❷，來我槐庭❸。食我槐葉，懷我德聲❹。質如緗縟❺，文如素綦❻。呦呦相召，〈小雅〉之詩❼。歎丘山之比歲，逢梁王於一時❽。」

【章旨】此章記錄公孫詭所作之〈文鹿賦〉。該賦作者以鹿自喻，抒發了對梁王知遇之恩的感激之情。

【注釋】❶公孫詭　齊（在今山東省境內）人，與羊勝、鄒陽等同為梁孝王門客。為人多奇謀邪計。官至中尉，號曰公孫將軍。孝王二十九年（西元前一五〇年），參與梁王、羊勝等人謀殺爰盎及議臣事，後被天子遣使追捕，遂被迫自殺。見《漢書・梁孝王劉武傳》。❷麀鹿濯濯　麀鹿，母鹿。濯濯，肥美的樣子。❸槐庭　植有槐樹的庭院。❹德聲　猶德音，美名也。❺質如緗縟　謂鹿身像淺黃色的褥子。緗，淺黃色。縟，通「褥」。❻素綦　一種有白色花紋的絲帛。綦，《說文解字》作「綨」，指一種綦紋帛；而「綦紋」則為一種縱橫交錯的蒼（白）色花紋。❼呦呦相召二句　《詩經・小雅・鹿鳴》：「呦呦鹿鳴，食野之苹。我有嘉賓，鼓瑟吹笙。」據〈詩序〉說，此詩為宴飲群臣嘉賓所用的樂歌。呦呦，鹿鳴聲。❽歎丘山二句　意謂感嘆隱居山林多年，今天終於與梁王相逢而被奉為知己。丘山，喻隱居之地。比歲，多年；連年。

【語譯】公孫詭寫了一篇〈文鹿賦〉，賦文為：「母鹿長得肥又美，牠來到了我栽有槐樹的庭院。牠吃我的槐樹的葉子，念記我美好的名聲，鹿身像淺黃色的被褥，花紋像綦帛上的白紋。呦呦的鹿聲，召喚著賓客，這是《詩經・小雅》中的詩意。歎我隱居山林多年，終有與梁王相逢的今天。」

鄒陽❶為〈酒賦〉，其詞曰：「清者為酒，濁者為醴❷，清者聖明，濁者頑騃❸。皆麴湒丘之麥❹，釀野田之米。倉風莫預❺，方金未啟❻。嗟同物而異味，嘆殊才而共侍。流光醳醳❼，甘滋泥泥❽。醪釀既成，綠瓷既啟。且筐且漉❾，載篘載齊❿。庶民以為歡，君子以為禮。其品類，則沙洛淥酃⓫，烏程若下⓬，高公之清⓭。關中白薄⓮，清渚縈停⓯。凝醳醇酎⓰，千日一醒⓱。哲王⓲臨國，綽矣⓳多暇。召皤皤⓴之臣，聚肅肅㉑之賓。安廣坐，列雕屏，綃綺㉒為席，犀璩㉓為鎮。曳長裾㉔，飛廣袖，奮長纓㉕。英偉之士，莞爾㉖而即之。君王憑玉几㉗，倚玉屏。舉手一勞㉘，四座之士，皆若哺粱肉焉。乃縱酒作倡㉙，傾盌覆觴㉚。右曰宮申，旁亦徵揚㉛。樂只㉜之深，不吳不狂㉝。於是錫名餌㉞，祛㉟夕醉，遣朝酲㊱。吾君壽億萬歲，常與日月爭光。」

【章旨】此章記錄鄒陽所作之〈酒賦〉。該賦以鋪陳的筆法，記述了天下各類名酒，並描述了君王與群臣的宴飲之樂，表達了作者對梁王的讚美、忠誠之情。

【注釋】❶鄒陽　齊（在今山東省境內）人，初與吳嚴忌、枚乘等人，俱仕吳王劉濞，後為梁孝王門客。曾被羊勝等人忌恨、讒毀，遂致梁孝王將其下獄，欲殺之。鄒陽乃於獄中上書梁王，歷陳冤情；後來孝王將其釋放，奉之為上客。景帝時，官至弘農都尉。見《漢書・鄒陽傳》。❷醴　一種用糧食釀製的甜酒。❸頑騃　愚蠢。❹皆麴湒丘之麥　麴，釀酒用的發酵物，即酒母；此作動詞用，意為製作酒麴。湒丘，可用雨水灌溉的丘地。此泛指種植稻麥的田地。案：古人常用麥子製作酒麴。❺倉風莫預　倉，古通「蒼」。蒼，可用以形容春天萬物勃生之象。倉風，當指春風。其與下句「方金未啟」之「金」相對成文，示釀製酎酒所需的時間為春至秋。倉風莫預，意謂不使春風侵入釀酒的器物之中，以防止酒味變酸。❻方金未啟　謂酒釀至秋天仍不開封。金，為五行（金、木、水、火、土）之一，於位為西，於時為秋。❼醳醳　醇酒清亮貌。❽泥泥　此言酒味醇美。❾且筐且漉　筐，濾酒的竹器，此用作動詞，謂以筐濾酒。其義與古漢語中的「釃」同。漉，猶釃，義為過濾。❿載𥳁載齊　𥳁，同「篘」。濾酒用的竹籠，此用作動詞。齊，通「䍡」。以手濾擠酒中的滓物。⓫沙洛淥酃　皆為酒名。沙洛，詳情難考。淥酃，因分別取淥水、酃水釀酒而得名。⓬烏程若下　烏程，酒名，以酒產於烏程（今浙江吳興南）而得名。烏程，本或作「程鄉」。縣名，即今廣東梅縣，亦產美酒，然程鄉縣置於南朝，故今從《初學記》卷二六所引，改作「烏程」。若下，酒名，產於長城若溪（今浙江長興南）。⓭高公之清　清酒之一種，詳情難考。⑭關中白薄　關中，地域名，相當於今陝西省。白薄，酒名，詳情難考。⑮清渚縈停　形容酒色清碧，酒液濃稠。⑯凝醳醇酎　凝，濃。醳，醇美之酒。酎，見本書卷一「八月飲酎」條所注。⑰千日一醒　謂醉酒千日方醒。形容酒性十分濃烈。⑱哲王　聖明之王。此指梁孝王。⑲綽矣　寬鬆閒適的樣子。⑳皤皤　鬢髮斑白的樣子。㉑肅肅　恭敬的樣子。㉒綃綺　薄而輕的絲織品。㉓犀璩　犀，此指犀牛角。璩，玉名。㉔裾衣之大襟。㉕纓　繫於頭冠上的帶子。㉖莞爾　微笑的樣子。㉗玉几　見本書卷一「几被以錦」條所注。㉘勞慰勉。㉙倡　通「唱」。㉚傾盌覆觴　盌，同「碗」。觴，喝酒用的杯器。㉛右曰宮申二句　宮、徵，均為古代音樂術語。古以宮、商、角、徵、羽，表示五聲音階。申，舒緩。揚，激昂。㉜只　語助語，無義。㉝不吳不狂　不大聲喧嘩，不張狂造次。謂彬彬有禮。吳，大聲說話。㉞錫名餌　錫，賜。餌，糕餅，此泛指食物。㉟袪除。㊱酲　酒醒後神志不清，有如患病的感覺。

【語　譯】鄒陽寫了一篇〈酒賦〉，賦文為：「清亮的稱為酒，渾濁的稱為醴。清亮的酒，就像一個人賢慧明智，渾濁的醴，就像一個人愚笨痴呆。都用湣丘的麥子製作酒麴，用野田的稻米釀作美酒。釀造醇酒，春天時不使東風透入酒中，到秋季也不忙著開啟酒瓮。令人感嘆的是，同一種物質，卻可有不同的味道；不同的人才，卻可共同侍奉一位君王。酒色清澄發亮，酒味甜美濃厚。醇酒已經釀好，綠色瓷瓮也已開啟。一邊用竹筐竹籠撈漉，一邊用手擠濾。百姓飲酒尋歡作樂，君子飲酒施行禮儀。酒的品類，有沙洛、淥酃、烏程、若下，高公之清酒。關中的白薄酒，顏色清碧，液汁濃稠。濃烈的醇酒，喝後使人沈醉千日不醒。賢明的君王治理藩國，寬鬆從容而多有閒暇。召集白髮蒼蒼的老臣，會聚神態恭敬的賓客。設置寬敞的座位，陳列雕畫的彩屏，以絲綢作席，用犀牛角和璩玉作席鎮。手牽長長的衣襟，揚起寬大的衣袖，飄動著長長的冠帶，英俊的賓客們，都微笑著入了座位。君王憑靠著玉几案，倚著玉屏風，舉手示撫慰之意，四座的賓客都好像是吃到了美味佳肴。於是盡情飲酒，放聲歌唱，把碗和杯中的酒喝得精光。右邊演奏舒緩的音樂，身旁也響起高亢的樂聲。大家都盡情地享受著快樂，不大聲喧鬧，不張狂放肆。於是，君王賞賜名貴的食物，以驅遣黃昏的醉意，清除早晨醉醒之後的病感。祝我王萬壽無疆，常與日月爭光。」

公孫乘❶為〈月賦〉，其辭曰：「月出皦兮❷，君子之光。鶤雞舞於蘭渚❸，蟋蟀鳴於西堂。君有禮樂，我有衣裳❹。猗嗟❺明月，當心而出。隱員巖而似鉤❻，蔽修堞而分鏡❼。既少進以增輝，遂臨庭而高映。炎日匪❽明，皓璧❾非淨。躔度❿運行，陰陽以正。文林辯囿⓫，小臣不佞⓬。」

【章旨】此章記錄公孫乘所作之〈月賦〉。該賦以月喻君子之德，說明君子只有加強修養，不為邪惡所惑，德行才會如明月高照，亮麗無比。

【注釋】❶公孫乘　人名，梁孝王門客，生平未詳。❷月出皦兮　皦，同「皎」。明亮之月光。此句出自《詩經・陳風・月出》：「月出皎兮，佼人僚兮。」❸鶤雞舞於蘭渚　鶤雞，鳥名，也作「昆雞」，似鶴，黃白色。蘭渚，長有蘭草的小洲。❹君有禮樂二句　《古文苑》卷三〈月賦〉章樵注：「梁王宴樂群士，眾賓從梁王遊，各由其道，不愆禮度。」案：古代外交中以禮、信相遇曰衣裳之會，與兵車之會相對。此處「衣裳」指禮度，蓋與「衣裳之會」中「衣裳」所寓之意同。❺猗嗟　感嘆詞，表示讚美。❻隱員巖而似鉤　謂月亮被眾山巖遮掩，看去像鉤子。員，眾多。❼蔽修堞而分鏡　謂月亮被長長的城堞遮蔽，看去像破碎的鏡子。堞，城牆上呈齒牙狀的矮牆。❽匪　同「非」。❾皓璧　白玉。❿躔度　日月星辰在天空運行的度數。古人把周天分為三百六十度，劃為若干區域，以辨識日月星辰所在的方位。躔，日月星辰的運行。⓫文林辯囿　謂文士如林，辯才如囿。此謂人才眾多。⓬不佞　不才。

【語譯】公孫乘寫了一篇〈月賦〉，賦文為：「月亮出來多麼明亮呀，這就像君子德行的光輝。鶤雞在長有蘭草的小洲上起舞，蟋蟀在西堂鳴叫。君王以禮樂待遇賓客，我也以誠信奉侍君王。啊，明亮皎潔的月亮，出現於中天，被眾山巖遮住，就像一隻彎鉤；被長長的城堞掩著，就像一面碎鏡。等到稍稍昇起，增添了光輝，便照亮了庭院，高高輝映。這時，熾熱的太陽也不及它明亮，潔白的玉石也不及它明淨。月亮沿著軌道運行，世上的陰陽就得以和順。有這麼多的文士辯才在此，小臣我深感才疏學淺。」

羊勝❶為〈屏風賦〉，其辭曰：「屏風鞈匝❷，蔽我君王。重葩累繡❸，沓璧連璋❹。飾以文錦，映以流黃❺。畫以古列❻顒顒昂昂❼。藩后❽宜之，壽考❾無疆。」

【章旨】此章記錄羊勝所作之〈屏風賦〉。該賦敘梁孝王屏風裝飾之美，表達了對梁孝王的讚美之情。

【注釋】❶羊勝　齊（在今山東省境內）人，為梁孝王門客。因參與公孫詭等人謀殺爰盎及議臣之事，遭天子使臣追捕，被迫自殺。❷軿匝　重繞的樣子。❸重葩累繡　謂屏風上所繡的花層層相疊。葩，花。❹沓璧連璋　謂屏風上重疊地鑲嵌著玉石。沓，疊。璧、璋，均為玉。❺流黃　褐黃色。❻古列　即古代烈士。❼顒顒昂昂　顒顒，溫和敬順的樣子。昂昂，意氣高昂的樣子。❽藩后　藩王，即侯王。此指梁孝王。❾考　老。

【語譯】羊勝寫了一篇〈屏風賦〉，賦文為：「屏風層層圍繞，遮護著我的君王。屏風上重疊地繡著花朵、嵌著璧璋。飾以花紋錦布，錦的底色為褐黃。畫在上面的古代烈士圖像，人人儀態恭順，個個意氣昂揚。梁王最適用這樣的屏風，敬祝他萬壽無疆。」

韓安國❶作〈几賦〉，不成，鄒陽代作，其辭曰：「高樹凌雲，蟠紆煩冤❷，旁生附枝。王爾公輸❸之徒，荷斧斤❹，援葛藟❺，攀喬枝❻。上不測之絕頂，伐之以歸。眇者督直❼，聾者磨礱❽。齊貢金斧，楚入❾名工。迺❿成斯几，離奇仿佛⓫，似龍盤馬迴，鳳去鸞歸。君王憑之，聖德日躋⓬。」鄒陽、安國罰酒三升，賜枚乘、路喬如絹，人五匹。

【章　旨】此章記錄鄒陽所作之〈几賦〉，同時敘及忘憂館此次聚會的結局。〈几賦〉敘君王之几的製作過程和奇妙的造型。

【注　釋】❶韓安國　字長孺，成安（今河南臨汝東南）人。初為梁孝王中大夫。武帝即位後，召為北地都尉，遷大司農，為御史大夫。後病死。《漢書》有傳。❷蟠紆煩冤　蟠紆，盤曲。紆，同「紆」。煩冤，本指風之回環旋轉貌，此狀樹虬曲之形。❸王爾公輸　均為古代能工巧匠。王爾，春秋時人，以擅長木工著名。公輸，又稱公輸班，魯班，春秋時魯國人，亦擅長木工。❹斤　斧子一類的砍伐工具。❺虆　藤蔓植物。❻喬枝　高枝。❼眇者督直　眇者，瞎了一隻眼的人。督直，謂察看樹木，然後施以繩墨，將其削直。❽礱　與「磨」義同。此謂磨光木料，為加工木料的程序之一。❾入　獻。❿迺　同「乃」。⓫仿佛　隱約的樣子。此謂几案的造型十分離奇古怪，其形象似是而非，難以確認。⓬躋　升。

【語　譯】韓安國寫〈几賦〉，沒能寫出，鄒陽就代他作了一篇，賦文為：「大樹高聳入雲，樹幹彎彎曲曲，旁邊生出枝杈，像王爾、魯班那樣有著高超技藝的巧匠們，肩扛斧頭，手攀葛藤，爬上高高的樹枝，登上了高不可測的樹頂，砍了那旁生的枝杈而歸。一眼失明的工匠將木頭削直，耳朵聾了的工匠把木頭磨光。齊國獻來了名貴的斧頭，楚國獻來了著名的工匠。於是做成了這張几案。几案的形狀稀奇難辨，好像是虬龍盤繞，駿馬迴旋，又好像是鳳凰飛去，鸞鳥歸來。君王憑靠几案，賢良的德行，也將日益隆盛。」最後，梁孝王給鄒陽、韓安國罰酒三升，賜給枚乘、路喬如絹，每人五匹。

九九 五侯進王

梁孝王入朝，與上❶為家人之宴。乃問❷王諸子，王頓首❸謝曰：「有五男。」即拜為列侯❹，賜與衣裳器服。王薨❺，又分梁國為五，進五侯皆為王。

【章　旨】此章記漢景帝給梁孝王的五個兒子封侯進王之事。

【注　釋】❶上　皇上，此指漢景帝劉啟。景帝為梁孝王之兄。❷問　問候。❸頓首　叩頭觸地而拜，為古代拜禮之一。❹列侯　蔡邕《獨斷》：「徹侯，群臣異姓有功封者，稱曰徹侯。避武帝諱，改曰通侯，或曰列侯。」《藝文類聚》卷五一引《漢官解詁》：「列侯，金印紫綬，以賞其有功。功大者食縣邑，小者食鄉亭，得臣其所食吏民。本為徹侯，避武帝諱曰通侯。舊時文書，或爵通侯是也，後更曰列侯，今俗人或都言諸侯，乃王爾，非此也。列侯歸國，不受茅土，不立宮室，各隨貧富。」❺薨　古時侯王死稱薨。

【語　譯】梁孝王回到朝廷，皇上舉行家宴招待他。皇上對梁孝王的子女表示問候，梁孝王叩頭拜謝道：「我有五個男孩。」皇上隨即封其五子為列侯，賞賜了衣服、器物、服飾等。梁孝王死後，又把梁國一分為五，將五個列侯，全部進封為諸侯王。

一〇〇 河間王客館

河間王德築日華宮❶，置客館二十餘區，以待學士。自奉養不逾❷賓客。

【章　旨】此章敘河間王劉德建館待賓客事。

【注　釋】❶河間王句　河間王德，即河間獻王劉德，景帝之子，武帝異母之弟。河間，地名，在今河北獻縣東。日華宮，宮名。❷逾　超過。

【語　譯】河間王劉德建造日華宮，設置客館二十多處，用以接待學士。他自己的生活條件，不超過賓客。

一〇一　年少未可冠婚

梁孝王子賈❶從朝，年幼，竇太后欲強冠婚之❷。上謂王曰：「兒堪冠矣。」王頓首謝曰：「臣聞《禮》❸二十而冠，冠而字❹，字以表德❺。自非顯才高行❻，安可強冠之哉？」帝曰：「兒堪冠矣❼。」餘日，帝又曰：「兒堪室❽矣。」王頓首謝曰：「臣聞《禮》三十壯有室❾。兒年蒙悼❿，未有人父之端⓫，安可強室之哉？」帝曰：「兒堪室矣。」餘日，賈朝至闈而遺其舄⓬，帝曰：「兒真幼矣。」白⓭太后未可冠婚之。

【章　旨】此章記梁孝王據理阻止竇太后及景帝為其子劉賈加冠完婚之事，表現了太后固執強橫的個性，突現了孝王通情識禮的性格以及嚴於治家的精神。

【注　釋】❶梁孝王子賈　即劉賈。據《史記》及《漢書》所載，梁孝王有五子，長子曰劉買。疑此處「賈」係「買」字之誤。❷竇太后欲強冠婚之　竇太后，漢文帝皇后，梁孝王生母，清河觀津（今河北衡水縣東）人。

景帝時被尊為皇太后。冠，加冠，行冠禮。古代男子二十歲時行冠禮，結髮戴冠，以示長大成人。❸禮 指《禮記》，該書為儒家經典之一，內容涉及秦漢以前的各種禮節儀式，由西漢人戴聖編定。❹冠而字 古人有名有字。幼時取名，男子二十歲行冠禮時取字。所取之字，與名有聯繫，在意義上，對名進行補充、說明。男子取字後，一般人不再呼其名，而改稱其字，以示敬重其名其人。❺字以表德 《白虎通·姓名》：「人所以有字何？所以冠德成功敬成人也。」❻顯才高行 謂才能卓著，德行高尚。❼帝曰二句 抱經堂盧本以此「帝曰兒堪冠矣」六字及下文「帝曰兒堪室矣」六字為衍文，謂當刪。案：盧說無據，不可從之。❽室 娶妻。❾臣聞禮三十壯有室 《禮記·曲禮》：「三十曰壯，有室。」此謂男子三十歲為壯年，可以娶妻。❿蒙悼 意謂幼小。蒙，童蒙；幼稚。悼，年幼者。⓫端 端莊；莊重。⓬賈朝至闈而遺其舄 闈，門檻。舄，一種有木底的鞋子。⓭白 稟告；告訴。

【語　譯】梁孝王的兒子劉賈，跟著孝王朝見皇上，他的年齡很小，竇太后想強行給他加冠娶妻。皇上對孝王說：「孩子可以行冠禮了。」孝王叩頭拜謝說：「我知道《禮記》上說，二十歲才行冠禮，行冠禮後取字，字用以表明德行。如果不是德才傑出的人，怎麼能夠強行給他加冠呢？」皇上說：「孩子還是可以行冠禮的。」過了幾天，皇上又說：「孩子可以娶妻了。」孝王叩頭拜謝說：「我知道《禮記》上說，三十歲後才可娶妻成家。兒子年幼無知，沒有做父親的莊重模樣，怎麼可以強行給他娶妻呢？」皇上說：「孩子還是可以娶妻的。」過了幾天，劉賈上朝，跨越門檻時，竟把鞋子弄掉了，皇上見後，說：「孩子的確還小。」皇上便稟告太后說，不能讓劉賈加冠結婚。

一〇二　勁超高屏

江都王勁捷❶，能超七尺❷屏風。

【章　旨】此章表現了江都王劉非高超的跳高技能。

【注　釋】❶江都王勁捷　江都王，即江都易王劉非，漢景帝之子；吳楚七國反叛時，擊吳有功，徙封江都王。勁捷，謂力大、敏捷。❷七尺　漢代尺制與今有異，據出土實物測定，秦尺長二十三釐米，西漢尺一般也是二十三釐米，東漢尺一般為二十三點五釐米。因此，漢七尺相當於今一百六十一公分。

【語　譯】江都王劉非勇武敏捷，能夠跨越七尺高的屏風。

一〇三 元后燕石文兆

元后❶在家，嘗有白燕銜白石，大如指，墜后績筐❷中。后取之，石自剖為二。其中有文曰：「母天地❸」。后乃合之，遂復還合，乃寶錄❹焉。後為皇后，常并置璽笥❺中，謂為天璽也。

【章　旨】此章記王政君獲燕銜之石而得文兆之事。這段傳說以燕石之文為榮立皇后之吉兆，表現了一種富貴決於天命的觀念。

【注　釋】❶元后　即漢元帝皇后王政君，王禁之女。元帝初元元年（西元前四八年）三月被立為皇后，父兄子弟皆得高官厚祿。見《漢書・元后傳》。❷績筐　針線筐。❸母天地　為天地之母。母，用作動詞。❹寶錄　以之為寶而珍藏之。錄，收藏。❺璽笥　收藏印璽的方形器物，如盒子之類。

【語　譯】元后在娘家的時候，曾經有一隻白燕，口銜著白石，白石有手指那麼粗，掉落在元后的針線筐裏。元后將它撿起，白石便自動裂成兩半，中間寫有文字：「母天地」。元后將它合上，便又還原成先前的樣子，元后就把它珍藏起來。後來，元后當上了皇后，常將它和印璽一起放在印盒裏，稱它為天璽。

一〇四　玉虎子

漢朝以玉為虎子❶，以為便器，使侍中❷執之，行幸❸以從。

【章旨】此章記漢宮以玉石製作便器之事，反映了宮廷用度的豪奢。

【注釋】❶虎子　本謂小老虎，此指便器。古時將接溲便用的器具製成虎狀，故以「虎子」稱便器。❷侍中　官名，秦時為丞相屬官，漢因襲之。平時出入宮廷，近侍皇帝左右。❸行幸　皇帝出行親臨。

【語譯】漢時朝廷用玉製成小老虎，作為便器，派侍中官掌管，皇帝出行時讓他跟著。

一〇八　長鳴雞

成帝時，交趾、越嶲❶獻長鳴雞，伺雞晨❷，即下漏❸驗之，晷刻❹無差，雞長鳴則一食頃❺不絕，長距❻善鬥。

【章　旨】此章記述交趾郡、越嶲郡所獻長鳴雞善報時、善長鳴、善格鬥的特點。

【注　釋】❶交趾越嶲　均為漢郡名。交趾郡，漢武帝時置，轄境相當於今廣東、廣西大部和越南北部、中部。越嶲郡，漢武帝時置，治所在邛都（今四川西昌東南），轄境在今雲南、四川兩省境內。❷伺雞晨　伺，等候。晨，雞鳴報曉。❸漏　即漏壺，古代計時器具。❹晷刻　時刻。晷，按照日影測定時刻的儀器。❺一食頃　吃一頓飯所用的時間。❻長距　長爪。

【語　譯】漢成帝時，交趾郡和越嶲郡獻來了長鳴雞，等到這種雞早上報曉時，馬上停住漏壺來驗證，時間一點也不差。雞長聲鳴叫時，可以持續一頓飯的功夫，一直不停。雞的腳爪很長，擅長於搏鬥。

一〇九 陸博術

許博昌❶，安陵❷人也，善陸博❸。竇嬰❹好之，常與居處。其術曰：「方畔揭道張，張畔揭道方，張究屈玄高，高玄屈究張❺。」又曰：「張道揭畔方，方畔揭道張，張究屈玄高，高玄屈究張。」三輔兒童皆誦之。法用六箸❻，或謂之究❼，以竹為之，長六分。或用二箸。博昌又作《大博經》❽一篇，今世傳之。

【章　旨】本章介紹西漢博戲高手許博昌的陸博技法及著述，提供了有關西漢陸博之戲的某些知識。

【注　釋】❶許博昌　人名，生平未詳。❷安陵　古縣名，漢惠帝築安陵於此，並置縣。故地在今陝西咸陽東北。❸陸博　古代一種擲骰行棋的遊戲，亦稱六簙或六博。❹竇嬰　字王孫，觀津（今河北衡水市東）人。景帝時為大將軍，封魏其侯。武帝時為丞相。後因罪被殺。《漢書》有傳。❺方畔揭道張四句　此四句與下文「張道揭畔方」等四句，均為許博昌之陸博口訣，其涵意難以詳解，有待考證。結合本篇文意及有關實物、書證看，其中「揭」、「屈」當為動詞，其義可能表示行棋的方式；其中「方畔」、「道張」等蓋為棋局（盤）上的道位名稱。據古籍記載，六博行棋，要沿局上的道線而走。這樣，棋行何道，對勝敗當有重大影響；故許博昌編出「方畔揭道」等口訣，以示各種情況下行棋的最佳道徑，是極有可能的。❻箸　古代博具。即今之所謂骰子。❼究　疑即「笐」字之誤。即今之骰子。本則此處作「究」，蓋涉上文「究」字而訛，笐、究二字形近。❽大博經　書名，今已失傳。

【語　譯】許博昌，是安陵人，擅長陸博之戲。竇嬰喜歡陸博，經常與許博昌住在一起。許博昌的陸博技巧為：「方畔揭道張，張畔揭道方，張究屈玄高，高玄屈究張。」其技巧又為：「張道揭畔方，方畔揭道張，張究屈玄高，高玄屈究張。」三輔地區的兒童都能背誦這些技巧口訣。陸博的方法，是用六個箸子，有人稱之為究，用竹做成，長六分。有時也用兩個箸子。許博昌還著有《大博經》一篇，現在仍流傳於世。

一一〇 戰假將軍名

高祖與項羽戰於垓下❶，孔將軍居左，費將軍居右❷，皆假為名。

【章旨】此章記劉邦在垓下與項羽作戰時，假託將軍之名，以虛張聲勢。

【注釋】❶垓下　地名，在今安徽靈璧南沱河北岸。西元前二〇二年，劉邦率漢軍與項羽軍隊決戰於垓下，大敗項軍，致使項羽東渡烏江而自刎。❷孔將軍二句　孔將軍、費將軍，皆為劉邦謊稱的將領名，用以壯大聲威。

【語譯】高祖劉邦與項羽在垓下交戰時，所謂孔將軍率左軍，費將軍率右軍，都是假託其名。

一一一　東方生❸

東方生善嘯❶，每曼聲長嘯，輒塵落帽❷。

【章　旨】此章記述東方朔高超的口技。

【注　釋】❶東方生　本則標題羅校本原作「長嘯塵落瓦飛」，今據《說郛》本改。東方生，即東方朔。參見本書卷二「東方朔設奇救乳母」條所注。生，古時對儒者的敬稱，相當於先生。❷嘯　撮口作聲。❸輒塵落帽　本或作「輒塵落瓦飛」，今從《四部叢刊》本、羅校本改。

【語　譯】東方先生擅長於撮口嘯叫，每當長聲嘯叫時，就有塵土被震下來，落在帽子上。

一一二　古生雜術

京兆有古生❶者，學縱橫❷、揣摩❸、弄矢、搖丸❹、樗蒲❺之術。為都掾史❻四十餘年，善訑謾❼。二千石❽隨以諧謔，皆握其權要，而得其歡心。趙廣漢為京兆尹❾，下車❿而黜之，終于家。京師至今俳戲⓫皆稱古掾曹⓬。

【章　旨】此章記京兆古生以擅長縱橫、揣摩等雜術，得意於官場之事，同時敘及古生晚年結局。

【注　釋】❶京兆有古生　京兆，行政區劃名，為漢代京畿三輔（京兆、左馮翊、右扶風）之一。見本書卷三「儉葬反奢」條所注。古生，古先生，生平未詳。❷縱橫　即「合縱連橫」的縮略語。古學派有九流十家，縱橫家即其一。此派人物，善於審時度勢，並以辯才甚至詐言陳說利害，遊說君王。❸揣摩　揣度對方，以相迎合。此為縱橫家的慣用伎倆。❹弄矢搖丸　均為古代雜戲：將眾多的箭頭或丸子，相繼拋入空中，同時以手相接，不使落地。❺樗蒲　古代博戲之一種，與陸博戲相似，但主要是以擲骰得采定輸贏。❻都掾史　輔助州郡長官處理行政事務的屬吏。參見本書卷二「買臣假歸」條所注。❼訑謾　欺詐、誑騙。❽二千石　漢代內自九卿郎將，外至郡守尉的俸祿等級，均為二千石。後因此稱這些官職為二千石。參見本書卷一「止雨如禱雨」條所注。❾趙廣漢為京兆尹　趙廣漢，字子都，西漢涿郡蠡吾（今河北博野西南）人。宣帝時，初任潁川太守，後升京兆尹。其為人正直，執法嚴明，因此得罪了貴戚大臣，終致殺身之禍。《漢書》有傳。京兆尹，官名，漢代畿輔行政長官，職位相當於郡守，治長安城中。❿下車　此指剛上任。⓫俳戲　雜戲。⓬掾曹　古代官署的屬官有曹掾、掾史、曹等稱謂，掾曹為其稱謂之一種。參見本書卷三「曹敞收葬」條所注。

【語　譯】京兆有個古先生，學到了縱橫、揣摩、弄矢、搖丸、樗蒲等雜術。做都掾史四十多年，善於耍弄詭詐欺蒙的手段，秩俸二千石一級的官員都隨他玩笑戲弄，他都能左右這些人手中的權力，而且也能討得他們的歡心。趙廣漢做了京兆尹後，一上任就罷免了古先生，古先生最後死於家中。京城的人至今還把雜戲統稱為古掾曹。

一一三　婁敬不易旃衣

婁敬始因虞將軍請見高祖❶，衣旃衣❷，披羊裘。虞將軍脫其身上衣服以衣之，敬曰：「敬本衣帛❸則衣帛見。敬本衣旃，則衣旃見。今捨旃褐❹，假鮮華，是矯常❺也。」不敢脫羊裘，而衣旃衣以見高祖。

【章旨】此章記西漢婁敬，以普通士卒身分求見高祖劉邦時，寧肯穿著粗毛衣，而不願換著絲綢衣服以「假鮮華」，表現了他性格中本色自然、不善造作的一面。

【注釋】❶婁敬句　婁敬，即劉敬，齊（在今山東省境內）人。高帝五年（西元前二〇二年），入見高祖，勸其入都關中，被賜劉姓，拜為郎中，號曰奉春君。高帝七年，被封關內侯。平城之戰後，匈奴兵數擾北邊，敬提出與匈奴和親之策，被採納。後又獻計遷六國貴族及豪強名家居關中，以行強本弱末之術，亦被高帝認可。❷衣旃衣　前一個「衣」字用作動詞，意為穿著。旃衣，粗毛織的衣服。旃，同「毡」。❸帛　絲織物的總稱。古時稱帛，漢代常稱繒。❹褐　獸毛或粗麻織成的短衣，為貧賤之人所穿。此謂粗毛織成的衣服。本則所記「旃褐」、「旃衣」，同為一物。❺矯常　意謂掩飾本來面貌。

【語譯】婁敬當初憑著虞將軍的引薦去拜見高祖，身穿著粗毛上衣，披著羊皮襖。虞將軍脫下自己身上的衣服，讓婁敬穿上，婁敬說：「我如果本是穿著絲綢的人，就穿絲綢衣服去拜見；而我本是穿著粗毛衣的人，就應穿粗毛衣去拜見。現在要我換下粗毛衣，而以鮮豔華美的衣服裝扮，這便是矯揉造作。」他不肯脫下羊皮襖，仍然穿著粗毛衣，去見高祖。

卷五

一一四　母嗜雕胡

會稽人顧翺❶，少失父，事❷母至孝。母好食雕胡❸飯，常帥子女躬自採擷。還家，導水鑿川，自種供養，每有贏儲❹。家亦近太湖❺，湖中後自生雕胡，無復餘草，蟲鳥不敢至焉，遂得以為養。郡縣表其閭舍❻。

【章旨】本章記會稽人顧翺之母喜食雕胡飯，顧翺設法供養之事，表現了顧翺令人感佩的孝德。

【注釋】❶會稽人顧翺　會稽，郡名，治所在吳縣（今江蘇蘇州）。見本書卷二「流黃簟」條所注。顧翺，人名，生平未詳。❷事　侍奉。❸雕胡　即菰米。菰俗稱茭白，其實如米，可煮作飯。見本書卷一「太液池」條所注。❹贏儲　剩餘、儲蓄。❺太湖　湖名，在江蘇吳縣西南，跨江蘇、浙江兩省。❻郡縣表其閭舍　謂郡縣兩級官府，在顧翺所居之處作了標識，以表彰其孝行。表，築牌坊或賜扁額，以旌表功德。閭舍，居住的地方。閭，古代居民組織單位，一閭有二十五家。

【語　譯】會稽人顧翺，年少時死了父親，他待母親特別孝順。他的母親喜歡吃菰米飯，他就經常率領子女們親自去採摘。回到家裏，引水挖溝，親自種植菰米供養母親，因而常有多餘的菰米儲存。他的家靠近太湖，湖中後來自然生長出了菰米，此地不再有雜草，蟲鳥也都不敢飛來，於是，顧翺便以湖中的菰米供養母親。郡縣兩級官府在顧翺的住地立了標記，以表彰他。

一一五 琴彈〈單鵠寡鳧〉

齊人劉道強❶，善彈琴，能作〈單鵠寡鳧〉之弄❷。聽者皆悲，不能自攝❸。

【章旨】此章記齊人劉道強善彈琴曲之事。

【注釋】❶劉道強　人名，生平未詳。❷單鵠寡鳧之弄　單鵠寡鳧，琴曲名，其詳情不可考，據後人引此以喻喪偶之人的情況看，此曲大概是抒發喪偶之悲情。弄，小曲。❸自攝　自持。此謂自我控制情緒。

【語譯】齊人劉道強，擅長彈琴，會彈〈單鵠寡鳧〉的曲子，聽他彈曲的人，都悲傷得不能自控。

一一六　趙后寶琴

趙后❶有寶琴，曰「鳳凰」，皆以金玉隱起為龍鳳螭鸞、古賢列女之象❷。亦善為〈歸風送遠〉之操❸。

【章　旨】此章記趙飛燕寶琴之裝飾及飛燕所彈之曲。

【注　釋】❶趙后　即漢成帝皇后趙飛燕。參見本書卷一「昭陽殿」條所注。❷皆以句　隱起，隱然凸起。螭，古代傳說中一種無角的龍。鸞，古代傳說中的神鳥，與鳳凰相類。列女，同「烈女」。古指剛烈而守節操的女子。❸歸風送遠之操　歸風送遠，琴曲名，相傳為趙飛燕所作，曲辭見於明人馮惟納所編《古詩紀》。操，琴曲。

【語　譯】趙皇后有一張寶琴，名叫「鳳凰」，琴上都用金、玉鑲嵌出隱然凸起的龍鳳螭鸞，以及古代賢士烈女的圖像。她還很會彈奏〈歸風送遠〉的琴曲。

一一七 鄒長倩贈遺有道

公孫弘以元光五年為國士所推❶，上為賢良❷。國人鄒長倩❸以其家貧，少自資致❹，乃解衣裳以衣之，釋所著冠履以與之，又贈以芻❺一束，素絲一襚❻，撲滿❼一枚，書題遺之曰：「夫人無幽顯❽，道在則為尊。雖生芻之賤也，不能脫落❾君子，故贈君生芻一束。詩人所謂『生芻一束，其人如玉』❿。五絲為䋴⓫，倍絲為升，倍升為緎，倍緎為紀，倍紀為緵，倍緵為襚。此自少之多，自微至著也。士之立功勳，效名節，亦復如之，勿以小善不足修而不為也。故贈君素絲一襚。撲滿者，以土為器，以蓄錢具，其有入竅而無出竅，滿則撲之。土，粗物也；錢，重貨⓬也。入而不出，積而不散，故撲之。士有聚斂⓭而不能散者，將有撲滿之敗，可不誡歟！故贈君撲滿一枚。猗嗟盛歟！山川阻修⓮，加以風露。次卿足下⑮，勉作功名。竊在下風⑯，以俟嘉譽。」（弘答爛敗不存⑰。）

【章旨】此章記西漢菑川人鄒長倩，在公孫弘被舉為賢良之時，贈之薄禮，以喻人生哲理；附信一封，以明送禮的本意，並寄以殷切的期望。

【注釋】❶公孫弘句　公孫弘，見本書卷二「公孫弘粟飯布被」條所注。元光五年，即西元前一三〇年。考以史料，此「元光五年」當係「元光元年」之誤。國士，國中才能傑出之士。❷上為賢良　被推舉為賢良。上，通「尚」。賢良，漢代選舉科目之一。漢制：郡國舉士，設孝廉及賢良方正兩科。孝廉重人之品德；賢良方正則以稍通文墨的文學之士充選。賢良方正，亦稱賢良或賢良文學。❸國人鄒長倩　國，指菑川國（在今山東省境內），為公孫弘故里所在。鄒長倩，人名，生平未詳。❹少自資致　意謂少有收入。❺芻　餵牲畜的草。❻緵　古代計算絲縷的數量單位。據下文所記，一緵為一百六十縷。❼撲滿　蓄錢的瓦器，用土燒製，有入口而無出口，錢裝滿時，撲破取之，故名。❽幽顯　謂地位之賤貴。幽，隱微不著。顯，顯達。❾脫落　猶言脫略，謂輕慢疏略。❿生芻二句　語出《詩經．小雅．白駒》：「生芻一束，其人如玉。」詩意是稱頌賢者的美德。⓫緼　此與下文之升、緎、紀、緵，均為古代計算絲縷的數量單位。⓬貨　財物。⓭聚斂　謂搜刮錢財。⓮山川阻修　意謂山川阻隔，道路遙遠。⓯次卿足下　此指公孫弘。次卿當為公孫弘之字。《史記》本傳載弘字季，則次卿可能為初取之字，足下，為古代下稱上或平輩相稱的敬詞。⓰竊在下風　竊，謙詞，意為私下。下風，風向的下方，喻地位、德才等處於劣勢。亦為謙詞。⓱弘答爛敗不存　謂公孫弘的回信已經腐爛，不復存在。

【語譯】公孫弘在元光五年，受國中才能傑出的士人的推薦，被舉為賢良之士。國人鄒長倩認為，公孫弘家境貧寒，收入很少，就脫下自己的衣服給他穿，又脫下自己所戴的帽子、所穿的鞋子送給他，還贈給他青草一把，白色的絲一緵，撲滿一枚。同時給他寫了一封信，信上說：「一個人的地位，本無所謂卑微和顯貴，只要守住正道就是尊貴的。君子即使像剛割的青草一樣卑賤，但不能因此對他輕慢失禮，所以送您新割的青草一把。其涵意正如詩人所說：『生芻一束，其人如玉。』五縷絲為一緉，兩緉為一升，兩升為一緎，兩緎為一紀，兩紀為一緵，兩緵為一襚。這些都是從少到多，從細微到顯著。士人建功立業，致力於名聲節操，也正是這樣，不要以為小的善行不足為而不去為，所以送給您白色的絲一緵。撲滿，是用土做成的器物，用以儲蓄錢財，它有入口而沒有出口，裝滿了錢就打碎它。土，是粗賤的東西；錢，是貴重的財物。撲滿只是收入而不付出，只是積蓄而不散出，所以要打破它。有的士人搜刮錢財而不能施散錢財，就將會有撲滿那樣破敗的遭遇，這能不引以為誡嗎？所以送您一枚撲滿。啊，這些都多麼重要呀！山川阻隔，路途遙遠，還要餐風露宿，次卿足下，願您發憤努力，建功立名。我這德位低下之人，在此等您獲得美名。」（公孫弘的回信已經腐爛，不復存在了。）

一一八 大駕騎乘數

漢朝輿駕祠甘泉汾陰❶，備千乘萬騎，太僕執轡❷，大將軍❸陪乘，名為大駕❹。司馬❺車駕四，中道❻。辟惡車❼駕四，中道。記道車❽駕四，中道。靖室車❾駕四，中道。象車鼓吹❿十三人，中道。式道候⓫二人，駕一。左右一人。長安都尉⓬四人，騎。左右各二人。長安亭長⓭十人駕。左右各五人。長安令車駕三，中道。京兆掾史⓮三人，駕一。三分。京兆尹⓯車駕四，中道。司隸部京兆從事⓰，都部從事、別駕⓱一車。三分。司隸校尉⓲駕四，中道。廷尉⓳駕四，中道。太僕、宗正引從事⓴，駕四。左右。太常㉑、光祿㉒、衛尉㉓，駕四。三分。太尉外部都督令史㉔、賊曹屬㉕、倉曹屬㉖、戶曹屬㉗、東曹掾、西曹掾㉘，駕一。左右各三。太尉駕四，中道。太尉舍人㉙、祭酒㉚，駕一。左右。司徒列從㉛，如太尉王公騎。令史持戟吏亦各八人，鼓吹一部。中護軍(32)騎，中道。左右各三行，戟楯弓矢鼓吹各一部。步兵校尉(33)、長水校尉(34)，駕一。左右。隊(35)百匹。左右。騎隊(36)十。左右各五。前軍將軍(37)。左右各二行，戟楯、刀楯、鼓吹各一部，七人。射聲(38)、翊軍校尉(39)，駕三。左右二行，戟楯、刀楯、鼓吹各一部，七人。驍騎將軍、游擊將軍(40)，駕三。左右二行，戟楯、刀楯、鼓吹各一部，七人。黃門(41)前部鼓吹，左右各一部，十三人，駕四。前黃麾(42)騎，中道。自此分為八校(43)。左四右四。護駕御史(44)騎。左右。御史中丞(45)駕一，中道。謁者僕射(46)駕四。武剛車(47)駕四，中道。九斿車(48)駕四，中道。雲罕車(49)駕四，中道。皮軒車(50)駕四，中道。闟戟車(51)駕四，中道。鑾旗車(52)駕四，中道。建華車(53)駕四，中道。左右。虎賁中郎將(54)車駕二，中道。護駕尚書郎(55)三人，騎。三分。護駕尚書(56)三，中道。相風烏(57)車駕四，中道。自此分為十二校。左右各六。殿中御史(58)騎。左右。典兵中郎(59)騎，中道。高華(60)，中道。罼罕(61)。左右。御馬(62)。三分。節(63)十六。左八右八。華蓋(64)，中道。自此分為十六校。左八右八。剛鼓(65)，中道，金根車[66]。自此分為十二校，滿道。左衛將軍[67]，右衛將軍。華蓋。（自此後麋爛不存。）

【章　旨】此章記西漢皇帝出行時所用的車駕與儀仗、器械等。

【注　釋】❶漢朝輿駕祠甘泉汾陰　輿駕，又稱「乘輿」，指皇帝出行時所用的車馬、輿服、儀仗、器械等。祠，此謂祭祀。甘泉，即甘泉宮，在今陝西淳化西北的甘泉山上，漢代帝王多在此祭天或朝會諸侯。參見本書卷一「三雲殿」條所注。汾陰，古縣名，在汾水之南，漢時屬河東郡，其地在今山西萬榮境內。❷太僕執轡　太僕，官名，職掌輿駕車馬等。秦漢時，太僕為九卿之一。轡，馬繮繩。執轡，意謂駕馭車馬。❸大將軍　武官名，始於戰國，秦漢沿置。漢代大將軍位次丞相，權位極尊。❹大駕　蔡邕《獨斷》：「天子出，車駕次第，謂之鹵簿。有大駕，有小駕，有法駕。大駕則公卿奉引，大將軍參乘，太僕御，屬車八十一乘，備千乘萬騎。在長安時，出祠天於甘泉，備之，百官有其儀注，名曰甘泉鹵簿。中興以來希用之。」❺司馬　官名，漢代宮門及大將軍、將軍、校尉之屬官，都有司馬，職掌兵事。❻中道　謂車馬列行道路之中。漢代皇帝或職位較高的官僚出行時，道分左中右三行，中間一行稱中道，為皇帝或高官所行。❼辟惡車　據崔豹《古今注》載：辟惡車始見於秦代，車上載有桃木弓，蘆葦箭，用以驅邪避惡。❽記道車　一種記錄里程的車輛，亦稱大章車或記里車。❾靖室車　靖室令所乘之車。靖室令，官名。皇帝車駕出行時，靖室令負責在前清道。❿象車鼓吹　象車，大象所駕之車。鼓吹，樂曲名，以鼓鉦簫笳等樂器演奏，多用於殿庭享宴及大駕出遊之時；此指演奏鼓吹樂的樂隊。⓫式道侯　官名。漢代有式道左、中、右侯三人。皇帝車駕出行時，負責在前清道；回宮時，負責持麾（旗）至宮門。⓬都尉　官名，掌一郡之軍事、治安。原稱郡尉，漢景帝時改名都尉。⓭亭長　官名，見本書卷二「酒脯之應」條所注。⑭掾史　中央及郡縣長官的屬吏。見本書卷二「買臣假歸」條所注。⑮京兆尹　官名，見本書卷四「古生雜術」條所注。⑯司隸部京兆從事　司隸，官名，《周禮》屬秋官，主管抓捕盜賊等事；漢依周制，置司隸校尉，領兵千餘人，持節糾察京師三公以下百官及所轄附近各郡。從事，官名，漢代州刺史之佐吏如功曹、別駕等，皆稱從事。各部郡國亦設有從事，主管文書，察舉非法。⑰都部從事別駕　都部從事，官名，即都官從事，為司隸校尉之佐吏，掌糾察之事。別駕，官名，漢時為州刺史的佐吏。漢司隸校尉職與州刺史相當，故屬下有別駕。⑱司隸校尉　見上注。⑲廷尉　官名，秦始置，漢景帝時改稱大理，武帝時復稱廷尉。職掌刑獄，為九卿之一。⑳宗正引從事　指宗正長官的屬吏。宗正，官名，始於秦，兩漢因之，多由皇族中人充任，是皇族事務機關的長官，為九卿之一。㉑太常　官名，秦置奉常，漢景帝時改稱太常，掌宗廟禮儀，兼管選試博士。歷代沿置，則專為司祭祀禮樂之官。㉒光祿　官名，秦稱郎中令，漢武帝時改稱光祿勳，東漢末年復稱郎中令。掌管宮廷宿衛侍從。㉓衛尉　官名，漢時為九卿之一，掌管宮門警衛、領宮闕之門內衛士。漢景帝時，曾改稱中大夫令，不久復舊名。㉔太尉外部都督令史　太尉，官名，始於秦，西漢沿置，為全國軍事首腦，金印紫綬，職位與丞相相當。漢武帝時改稱大司馬。都督，官名，為軍事長官或領兵將領。漢末始有此稱，但非為正式職官。至魏文帝時，始置都督諸州軍事，或領刺史。於此可見，本則雖記西漢時事，但也雜入了後世的一些史料。令史，官名，漢時有蘭臺令史、尚書令史等，職掌文書。㉕賊曹屬　此指太尉府主管盜賊之事的屬官。漢東京太尉府置掾屬二十四人，西曹主府吏署用事，東曹主二千石長吏除事，戶曹主民戶祠祀農桑事，賊曹主盜賊事，倉曹主倉穀事。曹，為古代分職治事的官署或部門，相當於今之所謂科、室、部等。曹中的屬官亦稱曹。㉖倉曹屬　即太尉府掌管倉穀的屬官。㉗戶曹屬　即太尉府掌管戶政的屬官。㉘東曹掾西曹掾　詳見㉕。㉙舍人　官名，漢有太子舍人，為太子屬官。又，戰國至漢初，達官顯貴的近侍、賓客亦統稱舍人。㉚祭酒　官名，古代大宴會或大祭享時，推一年高望重的賓客舉酒祭祀神靈，稱祭酒。後因以為官名。漢有博士祭酒，為博士之首。㉛司徒列從　司徒的眾隨從。司徒，官名，西周始置，掌管國家土地與民眾教化。秦時以丞相代司徒，漢初因之，哀帝時改丞相為大司徒，東漢時改稱司徒。王莽時，將大司徒與大司空、大司馬並列為三公。㉜中護軍　官名，掌管軍政事務。㉝步兵校尉　官名，漢武帝所置八校尉之一。掌管上林苑門屯兵。㉞長水校尉　官名，漢武帝所置八校尉之一，掌管長水（今陝西藍田西北）及宣曲觀（宮名，在漢長安縣昆明池西）所屯胡騎。㉟隊　古代軍隊的一種編制，一百人為一隊。㊱騎隊　即騎兵所組成的部隊。㊲前軍將軍　武官名。漢代將軍名號甚多，此為其中一種。見本書卷四「三館待賓」條所注。㊳射聲　即射聲校尉，為漢武帝所置八校尉之一，掌管弓弩部隊。㊴翊軍校尉　武官名，至晉始創。本則此處雜入了晉代鹵簿之制。㊵驍騎將軍游擊將軍　皆為武官名。㊶黃門　官名，為黃門侍郎，給事黃門侍郎的簡稱。與侍中一起主管門下諸事，侍從皇帝左右。㊷黃麾　皇帝儀仗所用的黃色旗幟。依據所在方位，又分前黃麾和後黃麾。㊸校　古代軍隊的一種編制。軍之一部曰一校，一校有五百人。㊹護駕御史　護駕，皇帝輿駕出行時，侍從官執車駕登記冊，以督促車騎整齊而行，謂之護駕。御史，官名，職掌糾察執法，位列三公。㊺御史中丞　官名，漢時為御史大夫之佐吏，亦稱御史中執法，主管公卿奏事、檢舉糾察等。㊻謁者僕射　謁者，官名，掌領讚賓客之事，為郎中令之佐吏。僕射，官名，漢謁者、侍中、尚書、博士等，皆設僕射為其領事首長。㊼武剛車　古代一種有巾有蓋的戰車。㊽九斿車　一種載有九旒旗的車子。斿，同「旒」。旒旗下的垂飾物。漢制：天子大駕，大夫乘九斿車為前驅。㊾雲罕車　一種載有雲罕旗的車子。雲罕，同「雲䍐」。大旗。㊿皮軒車　以虎皮裝飾的車。(51)闟戟車　一種插有長戟的戰車。(52)鸞旗車　載有鸞旗的車子。鸞旗，旗名，赤色，用羽毛編成，上繡鸞鳥。(53)建華車　《通典・禮》「建華車」條：「晉制，建華車二乘，駕四馬，大駕分在左右行。自後無聞。」可見，大駕用建華車，始於晉代，而非漢制。(54)虎賁中郎將　官名，掌管宮中宿衛及君王侍從，選猛虎之士充任。(55)尚書郎　官名，東漢始設尚書臺，取孝廉之中有才能者入之，以佐皇帝處理政務。初入臺者稱守尚書郎中，滿一年稱尚書郎，三年稱侍郎。(56)尚書　官名，始置於戰國時，或稱掌書，秦時為少府屬官，職位較低。至漢，尚書因在皇帝左右理事，掌管文書章奏，地位得以提高。漢成帝時設尚書員五人，開始分曹治事。東漢時正式成為協助皇帝處理政務的官員，權位更高。57相風烏　古代觀測風向的一種器具。以竿為之，上置烏鴉形狀的儀器。58殿中御史　官名，掌殿中供奉之事。59典兵中郎　典兵，掌管軍事。中郎，官名，秦始置，屬郎中令。漢因之，武帝時改屬光祿勳。掌管宮殿宿衛侍從。60高華　指貴人望族。61罼罕　大旗，天子出巡時用作儀仗。62御馬　儀仗所用的馬。63節　即符節。漢代使臣出使他國以及官吏執行詔令時，常執符節以為憑信。天子大駕亦用節作儀仗。漢節以竹為之，柄長八尺，節上綴牦牛尾為飾物。見《漢舊儀》。64華蓋　帝王或達官貴人車上所用的傘蓋。見本書卷一「終南山華蓋樹」條所注。65剛鼓　儀衛之一。餘未詳。66金根車　瑞車名。67衛將軍　漢將軍名號，分左、右兩種，職掌禁衛，位次上卿。

【語　譯】漢朝皇帝車駕出行甘泉宮、汾陰縣祭天時，備設成千上萬的車馬，由太僕駕車，大將軍陪乘，這叫作大駕。司馬乘的車駕四匹馬，行中道。辟惡車駕四匹馬，行中道。記道車駕四匹馬，行中道。靖室令乘的車駕四匹馬，行中道。象車、鼓吹樂隊十三人，行中道。式道侯二人，一匹馬駕車。（左右各一人。）長安都尉四人，騎馬。（左右各二人。）長安亭長十人駕車。（左右各五人。）長安令乘的車駕三匹馬，行中道。京兆掾史三人，一匹馬駕車。（分三列。）京兆尹乘的車駕四匹馬，行中道。司隸校尉部屬的京兆從事、都官從事、別駕駕一車。（分三列。）司隸校尉乘的車駕四匹馬，行中道。廷尉乘的車駕四匹馬，行中道。太僕、宗正帶領從事，四匹馬駕車。（分左右兩列。）太常、光祿、衛尉乘的車駕四匹馬。（分三列。）太尉下屬的都督令史、賊曹屬官、倉曹屬官、戶曹屬官、東曹屬官、西曹屬官，一匹馬駕車。（左右各三行。）太尉乘的車駕四匹馬，行中道。太尉舍人、祭酒，一百匹馬駕車。（分左右兩列。）司徒的隨從，像太尉、王公的隨從一樣騎馬。（令史、持戟吏也各為八人，鼓吹樂隊一部。）中護軍騎馬，行中道。（左右各二行，戟楯、弓矢、鼓吹樂隊各一部。）步兵校尉、長水校尉，一匹馬駕車。（分左右兩列。）部隊百一匹馬。（分左右兩列。）騎兵十隊。（左右各五隊。）前軍將軍。（左右各二行，戟楯、刀楯、鼓吹樂隊各一部，七人。）射聲校尉、翊軍校尉，三匹馬駕車。（左右各二行，戟楯、刀楯、鼓吹樂隊各一部，七人。）驍騎將軍、游擊將軍，三匹馬駕車。（左右各二行，戟楯、刀楯、鼓吹樂隊各一部，七人。）黃門侍郎前部鼓吹樂隊，左右各一部，十三人，四匹馬駕車。前黃麾騎馬，行中道。從這裏開始分為八校。（左邊四校，右邊四校。）護駕御史騎馬。（分左右兩列。）御史中丞乘的車駕一匹馬，行中道。謁者僕射乘的車駕四匹馬。武剛車駕四匹馬，行中道。九斿車駕四匹馬，行中道。雲罕車駕四匹馬，行中道。皮軒車駕四匹馬，行中道。闟戟車駕四匹馬，行中道。鸞旗車駕四匹馬，行中道。建華車駕四匹馬，行中道。（分左右兩列。）虎賁中郎將乘的車駕兩匹馬，行中道。護駕尚書郎三人，騎馬。（分三列。）護駕尚書駕三匹馬，行中道。相風烏車駕四匹馬，行中道。從這裏開始分為十二校。（左右各六校。）殿中御史騎馬。（分左右兩列。）典兵中郎騎馬，行中道。名門望族，行中道。罼罕旗。（分列左右。）御馬。（分三列。）符節十六柄。（左邊八柄，右邊八柄。）華蓋，列中道。從這裏開始分為十六校。（左邊八校，右邊八校。）剛鼓，列中道。金根車。從這裏開始分為十二校，列滿道路。左衛將軍，右衛將軍。華蓋。（從這以後，簡書腐爛不存。）

一一九 董仲舒天象

元光元年❶七月，京師雨❷雹。鮑敞問董仲舒❸曰：「雹何物也？何氣而生之？」仲舒曰：「陰氣脅❹陽氣。天地之氣，陰陽相半❺，和氣周迴❻，朝夕不息。陽德用事❼，則和氣皆陽，建巳之月❽是也，故謂之正陽之月。陰德❾用事，則和氣皆陰，建亥之月❿是也，故謂之正陰之月。十月陰雖用事，而陰不孤立，此月純陰，疑於無陽⓫，故謂之陽月⓬，詩人所謂『日月陽止』⓭者也。四月陽雖用事，而陽不獨存，此月純陽，疑於無陰，故亦謂之陰月。自十月已後，陽氣始生於地下，漸冉流散⓮，故言息⓯也，陰氣轉收，故言消也。日夜滋生，遂至四月，純陽用事。自四月已後，陰氣始生於天上，漸冉流散，故云息也，陽氣轉收，故言消也。日夜滋生，遂至十月，純陰用事。二月、八月，陰陽正等，無多少也⑯。以此推移⑰，無有差慝⑱。運動抑揚，更相動薄⑲，則薰蒿歊蒸⑳，而風雨雲霧，雷電雪雹生焉。氣上薄為雨㉑，下薄為霧，風其噫㉒也，雲其氣也，雷其相擊之聲也㉓，電其相擊之光也㉔。二氣之初蒸也，若有若無，若實若虛，若方若圓。攢聚相合，其體稍重，故雨乘虛而墜。風多則合速，故雨大而疏。風少則合遲，故雨細而密㉕。其寒月則雨凝於上，體尚輕微，而因風相襲，故成雪焉。寒有高下，上暖下寒，則上合為大雨，下凝為冰霰㉖雪是也。雹，霰之流也，陰氣暴上，雨則凝結成雹焉。太平之世，則風不鳴條㉗，開甲散萌㉘而已；雨不破塊㉙，潤葉津莖而已；雷不驚人，號令啟發㉚而已；電不眩目，宣示光耀而已；霧不塞望，浸淫被洎㉛而已；雪不封條，凌殄㉜毒害而已。雲則五色而為慶㉝，三色而成矞㉞；露則結味而成甘，結潤而成膏㉟。此聖人之在上，則陰陽和，風雨時㊱也。政多紕繆㊲，則陰陽不調。風發㊳屋，雨溢河，雪至㊴牛目，雹殺驢馬，此皆陰陽相蕩，而為祲沴㊵之妖也。」敞曰：

「四月無陰，十月無陽，何以明陰不孤立，陽不獨存邪？」仲舒曰：「陰陽雖異，而所資一氣也。陽用事，此則氣為陽；陰用事，此則氣為陰。陰陽之時雖異，而二體常存。猶如一鼎之水，而未加火，純陰也；加火極熱，純陽也。純陽則無陰，息火水寒，則更陰矣；純陰則無陽，加火水熱，則更陽矣。然則建巳之月為純陽，不容都無復陰也㊶，但是陽家用事，陽氣之極耳。薺麥㊷枯，由陰殺也。建亥之月為純陰，不容都無復陽也，但是陰家用事，陰氣之極耳。薺麥始生，由陽升也。其著者，葶藶㊸死於盛夏，款冬㊹華於嚴寒，水極陰而有溫泉，火至陽而有涼焰。故知陰不得無陽，陽不容都無陰也。」敞曰：「冬雨必暖，夏雨必涼，何也？」曰：「冬氣多寒，陽氣自上躋㊺，故人得其暖，而上蒸成雪矣。夏氣多暖，陰氣自下昇，故人得其涼，而上蒸成雨矣。」敞曰：「雨既陰陽相蒸，四月純陽，十月純陰，斯則無二氣相薄，則不雨乎？」曰：「然則純陽純陰，雖在四月十月，但月中之一日耳。」敞曰：「月中何日？」曰：「純陽用事，未夏至一日，純陰用事，未冬至一日。朔旦㊻、夏至、冬至，其正氣也。」敞曰：「然則未至一日，其不雨乎？」曰：「然。頗有之，則妖也。和氣之中，自生災沴㊼，能使陰陽改節，暖涼失度。」敞曰：「災沴之氣，其常存邪？」曰：「無也，時生耳。猶乎人四支五臟，中也有時，及其病也，四支五臟皆病也。」敞遷延負牆㊽，俛揖而退。

【章　旨】本章記董仲舒答鮑敞所問雹雨何以生成等事。董氏以陰陽五行學說，解釋風雨雷電霧雹等自然現象生成的原因及其與社會人事的聯繫，表現了他的「天人合一」、「感應」的觀念。

【注　釋】❶元光元年　即西元前一三四年。元光為漢武帝年號。❷雨　此用作動詞，意為降落。❸鮑敞問董仲舒　鮑敞，人名，生平未詳。董仲舒，見本書卷二「仲舒夢龍作《繁露》」條所注。❹脅　迫近；逼迫。❺陰陽相半　陰陽是古代哲學家常用的一對概念，用以指稱自然界及人類社會中相互對立、相互依存的事物。陰陽的相互作用、轉化，在古代被認為是宇宙的根本規律。漢代董仲舒治《公羊》、《春秋》，大倡陰陽之說，為儒者所宗。董氏認為，天地萬物都各有陰陽。❻周迴　循環往復。❼陽德用事　謂陽氣盛而為主宰。❽建巳之月　即夏曆四月。夏曆以十二地支紀月，並以十一月為建子，四月為建巳。❾陰德　陰氣。❿建亥之月　即夏曆十月。⓫疑於無陽　意謂幾乎沒有陽氣。疑於，猶言「近於」。⓬陽月　十月。⓭日月陽止　語出《詩經・小雅・杕杜》。其意思是說時間已到了十月。止，語氣詞，無義。⓮漸冉流散　謂陽氣慢慢地擴散開來。⓯息　生長；滋生。與「消」相對。⓰無多少也　謂二、八兩月時，陰陽之氣各半，沒有多少之分。⓱推移　循環運轉。⓲差慝　差錯。⓳更相動薄　相互作用，彼此逼促。薄，迫。⓴薰蒿歊蒸　氣升騰蒸發的樣子。㉑氣上薄為雨　《春秋繁露・人副天數》：「陽，天氣也；陰，地氣也。……地氣上為雲雨。」㉒噫　呼氣。㉓雷其相擊之聲也　謂雷是陰陽相擊發出的聲音。㉔電其相擊之光也　《說文解字》：「電，陰陽激燿也。」段玉裁注曰：「孔沖遠引《河圖》云：『陰陽相薄為雷，陰激陽為電。電是雷光。』」㉕二氣之初蒸也十一句　《太平御覽》卷一〇引此作：「陰陽二氣之初蒸也，若有若無，若實若虛，團攢聚合，其體稍重，乘虛而墜。風多則合速，故雨大而疏；風少則合遲，故雨細而密。」所引文字與本則此處有異。㉖霰　雪珠。㉗鳴條　謂風在樹枝中吹動，發出響聲。條，枝條。㉘開甲散萌　甲，此指種子的外殼。萌，此指植物的芽。㉙雨不破塊　雨水不能衝破土塊。言雨小。塊，土塊。㉚號令啟發　謂春雷鳴而萬物萌生，有如發號施令使之動。㉛浸淫被洎　潤澤、瀰漫。㉜淩殄　消除。㉝慶　謂慶雲，也稱景雲、卿雲，即五色彩雲，古以為祥瑞之氣。㉞矞　謂矞雲。彩雲之一種，古以為祥瑞之氣。㉟露則結味而成甘二句　甘，謂甘露。膏，謂膏露。㊱時　應時。㊲紕繆　錯誤。㊳發　掀倒。㊴至　通「窒」。窒礙。㊵祲沴　災害之氣。祲，陰陽相侵之氣，古以為不祥之兆。沴，陰陽二氣不調順而產生的災害或惡氣。㊶建巳之月為純陽二句　謂四月之時雖全為陽氣，但並不意味著陰氣全無。容，應當。㊷薺夌　植物名。薺，薺菜，一年或二年生草本植物，嫩株可食。夌，通「蔆」。菜藻。見《廣雅・釋草》。㊸葶藶　一種野生雜草，種子可入藥。或名狗薺，亦稱蕇菜。㊹款冬　多年生草本植物。冬季開花，花黃白色，花蕾可入藥。又稱顆凍或款東。㊺躋　升。㊻朔旦　夏曆每月初一日。㊼災沴　猶言祲沴。㊽遷延負牆　遷延，退卻貌。負牆，背牆而立，以示尊敬長者。

【語　譯】漢武帝元光元年七月，京城下了冰雹。鮑敞問董仲舒說：「冰雹是什麼東西呢？它是什麼氣生成的呢？」董仲舒回答說：「是陰氣脅迫陽氣形成的。天地間的氣，陰陽各佔一半，兩氣混合在一起，循環運轉，從早到晚不停歇。當陽氣佔上風時，混合的氣中，就都是陽氣。四月份都是陽氣，所以稱這個月為正陽之月。當陰氣佔上風時，混合的氣中，就都是陰氣。十月份都是陰氣，所以稱這個月為正陰之月。十月份雖然陰氣佔上風，但陰氣不是孤立的。這個月純為陰氣，幾乎沒有陽氣，所以稱之為陽月，詩人所說的『日月陽止』，就是指這個月。四月份陽氣雖然佔上風，但陽氣不是單獨存在的。這個月純為陽氣，幾乎沒有陰氣，所以也稱之為陰月。從十月以後，陽氣開始在地下滋生，並慢慢擴散，所以說它在生長；而陰氣轉向收斂，所以說它在消歇。陽氣日夜不斷地滋生，就到了四月，便純是陽氣控制。從四月以後，陰氣在天上開始滋生，並逐漸擴散，所以說它在生長；而陽氣轉向收斂，所以說它在消歇。陰氣日夜不斷地滋生，就到了十月，便純是陰氣控制。二月份和八月份，陰氣和陽氣相等，沒有多少之別。陰陽就這樣輪迴運轉，沒有出現過偏差。它們上下運動著，相互衝蕩，使得氣蒸發升騰，而風雨雲霧雷電雪雹就這樣形成了。陰氣上升就形成了雨，陽氣下墮就形成了霧。風是陰陽呼出的氣，雲是陰陽產生的氣，雷是陰陽相撞時發出的聲音，電是陰陽相擊時產生的光。陰陽二氣開始蒸騰的時候，像是有，又像是沒有；像是實實在在的，又像是虛幻縹緲的；像是方形的，又像是圓形的。它們團聚在一塊，體積就有了一些重量，所以雨就趁著這時候下了起來。風大，二氣結合的速度就快，所以雨點大而稀疏；風小，二氣結合的速度就慢，所以雨點小而密集。寒冷的月份，雨點在天上凝集起來，還很輕很小，而被風一吹，就變成了雪。寒氣有高有低，高處的暖些，低處的冷些，這樣，高處的寒氣聚集起來就變成了大雨，低處的寒氣凝結起來就形成了冰雪和雪珠。冰雹，是雪珠一類的東西，陰氣突然向上衝，雨就凝結成冰雹了。在太平盛世，起風不會把樹枝吹得發出聲響，只會促使種子開殼，植物發芽；下雨不會衝破土塊，只會潤澤植物的綠葉和根莖；打雷不會驚嚇人，只是發出聲響以喚醒萬物；閃電不會讓人的眼睛昏黑發花，只是顯現它的光芒；霧不會阻遮人的視野，只是以彌散的水氣浸潤大地；雪不會壓蓋樹枝，只會消滅毒物害蟲。雲呈五彩，成為慶雲；雲顯三色，成為矞雲。露水味道甜美，成為甘露；露水凝如滑脂，成為膏露。這是因為聖賢之人在上統治著，所以陰陽和順，風雨應時。政治腐敗，陰陽就不和順。大風掀翻房屋，暴雨溢出河堤，大雪遮蔽牛眼，冰雹砸死驢馬，這都是因為陰陽相互衝擊而形成的不祥之兆。」鮑敞又問：「四月沒有陰氣，十月沒有陽氣，你怎麼知道陰氣不是孤立的，陽氣也不是單獨存在的呢？」董仲舒回答說：「陰和陽雖然有所不同，但它們實際上根源於同一種氣。陽氣佔上風，這時的氣就為陽氣；陰氣佔上風，這時的氣就為陰氣。陰陽二氣佔上風的時間雖然各不相同，但這二氣卻是始終存在著的。這好似一鍋水，沒有用火燒時，完全是陰的；用火燒得滾燙的時候，就完全是陽的。完全是陽時，就沒有陰，但火一熄滅，水變冷，就又變成陰了。完全是陰時，就沒有陽，但用火把水燒熱，就又變成陽了。既然這樣，那麼四月份完全為陽氣，就不應是完全再沒有陰氣存在了，而只是以陽為主宰，陽氣達到極盛罷了。薺菜、菜藻這時都枯萎，就是被陰氣殺死的。十月份雖完全為陰氣，也並不應是完全再沒有陽氣了，而只是以陰為主宰，陰氣達到極盛而已。薺菜、菜藻這時開始生長，就是因為陽氣上升的緣故。最明顯的是，狗薺在盛夏死去，款冬在嚴寒之時開花；水是最有陰性的，卻也有溫泉；火是最有陽性的，卻也有不熱的火焰。因此可見，陰中不能沒有陽、陽中也不能沒有陰。」鮑敞說：「冬季下雨必定暖和，夏季下雨必定涼快，這是為什麼呢？」董仲舒回答說：「冬天的氣多是寒冷的，陽氣自上而升，所以人們就感到溫暖。氣向上蒸騰後就變成了雪。夏天的氣多是溫暖的，陰氣從下面上升，所以人們覺得涼快。而氣向上蒸騰後就變成雨了。」鮑敞說：「雨既然是陰陽二氣相互蒸騰的結果，那麼四月份完全是陽氣，十月份完全是陰氣，這樣就沒有陰陽二氣相衝，豈不是無雨可下了？」董仲舒回答說：「完全的陽氣和完全的陰氣，雖然分別出現在四月份和十月份，但只是在這兩個月中的某一天。」鮑敞問：「是這兩個月中的哪一天？」董仲舒說：「完全由陽氣作主宰，是夏至的前一天；完全由陰氣作主宰，是冬至的前一天。每月的初一日以及夏至、冬至，就是陰陽二氣正常的時候。」鮑敞問：「既然這樣，那麼夏至與冬至的前一天就不下雨了？」董仲舒說：「是的。有時也下雨，但不吉利。陰陽二氣在混合之時，自身所產生的不祥之氣，能使陰陽不合時節，冷暖失去規律。」鮑敞問：「災害不祥之氣永恒存在嗎？」董仲舒說：「不是，只是有時產生。這好像人的四肢五臟，其內部也有時出現病變，但等到它出現病變時，整個四肢五臟也就得病了。」鮑敞聽後退了幾步靠到牆邊，彎下身子作了個揖，告辭而去。

一二〇　郭舍人投壺

武帝時，郭舍人善投壺❶，以竹為矢❷，不用棘❸也。古之投壺，取中而不求還，故實小豆於中，惡其矢躍而出也。郭舍人則激矢❹令還，一矢百餘反，謂之為驍❺。言如博之豎梟於掌中❻，為驍傑也。每為武帝投壺，輒賜金帛。

【章　旨】此章記郭舍人擅長投壺之戲，而得漢武帝寵愛之事。

【注　釋】❶郭舍人善投壺　郭舍人，漢武帝時宮中倡優，善戲謔，性善詼諧，深得武帝寵愛。投壺，古代宴飲賓客時的一種娛樂活動：主人設壺，賓客依次向壺投擲籌矢，並以投中多少決勝負，負者飲酒。❷矢　投壺用的籌子，狀似箭，多以柘木或棘木製作。❸棘　酸棗樹，有刺，質地堅實。❹激矢　使矢彈跳起來。❺驍　勇猛。❻言如博之豎梟於掌中　博，六博，見本書卷四「陸博術」條所注。豎，以手相握。梟，鳥名，俗稱貓頭鷹。此指刻有貓頭鷹形像的博具。古博戲用五木作簺（即骰子），以為勝負之采。五簺名為梟、盧、雉、犢、塞，其中以梟形采為最勝。

【語　譯】漢武帝時，郭舍人很會投壺，製作籌子用竹，而不用酸棗木。古時候，人們投壺只求投中，不與籌子反彈回來，所以將小豆裝在壺中，以避免籌子從壺中跳出來。郭舍人投壺，卻讓籌子彈跳回來。一個籌子彈跳回來上百次，就把這個籌子稱為驍，意思是說，它像博戲時手掌中握住梟一樣，是勝利的驍傑。郭舍人每次為武帝投壺，武帝就要賜給他金銀絲帛。

一二一　象牙簟

武帝以象牙為簟❶，賜李夫人❷。

【章旨】此章記武帝賜李夫人象牙簟事。

【注釋】❶簟　竹席，此泛指席。❷李夫人　漢武帝寵妃。參見本書卷二「搔頭用玉」條所注。

【語譯】漢武帝用象牙做席子，賜給了李夫人。

一二二　賈誼〈鵩鳥賦〉

賈誼❶在長沙，鵩鳥集其承塵❷。長沙俗以鵩鳥至人家，主人死。誼作〈鵩鳥賦〉❸，齊死生，等榮辱，以遣憂累焉。

【章　旨】此章敘賈誼寫作〈鵩鳥賦〉的原由。

【注　釋】❶賈誼　漢初政論家、文學家。參見本書卷四「司馬良史」條所注。❷鵩鳥集其承塵　鵩鳥，鳥名，又名山鴞，古以為不祥之鳥。承塵，古代一種用以承接灰塵的器具，用布帛做成，懸掛在座位或床的上方。❸鵩鳥賦　賦篇名，今尚存。該賦大意謂禍福相依，吉凶同域，生不足悅，死不足患，表達了不以生死為慮，而順乎自然的意趣。其旨頗得莊子之意。據《文選》李善注，該賦作於漢文帝六年，即西元前一七四年。

【語　譯】賈誼貶居長沙時，有一群鵩鳥停歇在他座位上方的承塵上。長沙民間認為鵩鳥飛到人的家中，這家的主人就要死去。賈誼寫作了〈鵩鳥賦〉，表示要齊同生死，等視榮辱，以此排遣憂悶和煩惱。

一二三 金石感偏

李廣與兄弟共獵於冥山之北❶，見臥虎焉。射之，一矢即斃。斷其髑髏❷以為枕，示服猛也。鑄銅象其形為溲器❸，示厭辱之也。他日，復獵於冥山之陽❹，又見臥虎，射之。沒矢飲羽❺。進而視之，乃石也，其形類虎。退而更射，鏃破簳折而石不傷❻。余嘗以問揚子雲❼，子雲曰：「至誠則金石為開。」余應之曰：「昔人有遊東海者，既而風惡，船漂不能制，船隨風浪，莫知所之。一日一夜，得至一孤洲，共侶❽歡然。下石❾植纜，登洲煮食。食未熟而洲沒，在船者斫斷其纜，船復漂蕩。向者孤洲乃大魚，怒掉揚鬣❿，吸波吐浪而去，疾如風雲。在洲死者十餘人。又余所知陳縞⓫，質木⓬人也，入終南山采薪，還晚，趨舍未至，見張丞相墓⓭前石馬，謂為鹿也，即以斧撾⓮之，斧缺柯⓯折，石馬不傷。此二者亦至誠也，卒有沈溺缺斧之事，何金石之所感偏⑯乎？」子雲無以應余。

【章　旨】此章記西漢著名將領李廣射石沒羽的故事，以及作者與揚雄由此故事，展開有關精誠問題的討論。

【注　釋】❶李廣句　李廣，西漢名將，隴西成紀（今甘肅天水市）人，生年未詳，卒於西元前一一九年；知兵法，善射騎，文帝時為武騎常侍，武帝時為右北平太守；曾多次率軍擊匈奴，屢建戰功，號曰「漢飛將軍」。元狩四年（西元前一一九年），隨大將軍衛青出擊匈奴，中途迷路，而致貽誤戰機，受到責罰，遂引以為恥而自殺。《史記》、《漢書》有傳。冥山，又名石城山、固城山，在今河南信陽東南。❷髑髏　動物的頭骨或骨骼。❸溲器　便器。❹陽　山之南面曰陽。❺沒矢飲羽　謂箭深入石中，完全被石頭隱沒了，連箭尾部的羽毛都看不見。沒，飲，義同。❻鏃破簳折而石不傷　鏃，金屬箭頭。簳，竹製箭桿。❼揚子雲　即揚雄。❽共侶　同行的伙伴。❾下石　拋下石錨。❿鬣　魚類頷旁的小鬐。⓫陳縞　人名，生平未詳。⓬質木　質樸而不做作。⓭張丞相墓　西漢有兩位張姓丞相：一為文帝時的張蒼，一為成帝時的張禹。據《漢書·張禹傳》載，張禹墓在今咸陽西北，非此處所謂終南山之張丞相墓。故此處張丞相當指張蒼。⓮撾　敲擊。⓯柯　斧柄。⓰金石之所感偏　意謂金石對李廣之至誠所產生的感應很特殊。

【語　譯】李廣與弟兄們一同在冥山的北面打獵，看見一隻老虎睡在那兒，便用箭射擊，一箭就把老虎射死了。他把老虎的頭骨取下來做枕頭，以表示征服了猛獸。又用銅鑄成老虎的形狀作便器，以表示厭惡辱沒之意。後來有一天，他又在冥山的南面打獵，又見一隻老虎睡著，用箭射擊，箭射得很深，連箭尾的毛都隱沒不見了，走近一看，原來是塊石頭，它的形狀很像老虎。退後再射，箭頭射破了，箭桿射斷了，石頭卻完好無損。我曾經拿這件事情問揚雄，揚雄說：「心意真誠到極點時，就是金石也會為之開裂。」我回答說：「從前有人去漂游東海，一會兒就刮起了大風，船搖搖晃晃而不能控制，便隨著風浪漂泊，不知要漂向何處。經過一天一夜，船漂到了一個孤島旁，船上的伙伴們很高興，拋落了石錨，繫住了纜繩，便登上孤島煮東西吃。食物還沒煮熟，島嶼卻沈沒了，在船上的人砍斷了纜繩，船又隨著風浪飄蕩。先前的那個孤島，原來是一條大魚，大魚猛力掉頭，揚起魚鰭，口中的呼吸化作波浪，游蕩而去，快得像風雲一樣。在孤島上的人，死了十多個。此外，我的朋友陳縞，是個性格樸實的人。他到終南山去砍柴，回來晚了，趕著回家。還沒到家時，在路上見到了張丞相墓前的石馬，以為是頭鹿，便用斧頭砍下去，結果斧頭砍缺了，斧柄折斷了，石馬卻安然無損。這兩種情況下的人，也都是極有誠意的，結果落得淹沒水中、砍缺斧口，為什麼金石所產生的感應，就有如此的不同呢？」揚雄聽後，無話回答我。

卷六

一二四 〈文木賦〉

魯恭王得文木一枚❶，伐以為器，意甚玩❷之。中山王❸為賦曰：「麗木離披❹，生彼高崖。拂❺天河而布葉，橫日路而擢枝❻。幼雛羸鷇❼，單雄寡鵠，紛紜翔集，嘈嗷❽鳴啼。載重雪而梢勁風，將等歲於二儀❾。巧匠不識，王子見知。乃命班爾❿，載斧伐斯，隱若天崩，豁如地裂⓫。華葉分披。條枝摧折。既剝既刊⓬，見其文章⓭。或如龍盤虎踞，復似鸞集鳳翔。青緺⓮紫綬，環璧珪璋。重山累嶂，連波疊浪。奔電屯雲，薄霧濃雰⓯。麏宗驥旅⓰，雞族雉群。蠋⓱繡鴦錦，蓮藻芰⓲文。色比金而有裕，質參⑲玉而無分。裁為用器，曲直舒卷，修竹映池，高松植巘⑳。制為樂器，婉轉蟠紆，鳳將九子，龍導五駒㉑。制為屏風，鬱茀㉒穹隆。制為杖几，極麗窮美。制為枕案，文章璀璨㉓，彪炳渙汗㉔。製為盤盂，采玩蜘蹰㉕。猗歟㉖君子，其樂只且㉗。」恭王大悅，顧盼而笑，賜駿馬二匹。

【章　旨】本章記述了中山靖王劉勝所作的〈文木賦〉。該賦以鋪敘的手法，描述了文木的生長環境，及其華美的紋理和各種功用，表達了對魯恭王的讚美之情。

【注　釋】❶魯恭王得文木一枚　魯恭王，即漢景帝劉啟第五子劉餘。參見本書卷二「魯恭王禽鬥」條所注。文木，樹木名。色純黑，甚脆，質堅實，種類繁多。皆可作几杖。❷玩　賞。❸中山王　即中山靖王劉勝，漢景帝之子，魯恭王之弟。景帝時封於中山（今河北唐縣、定縣一帶），為人貪酒好色。死於武帝元鼎四年（西元前一一三年），葬於今河北滿城陵山上。西元一九六八年，其墓被發掘，其中有保存完整的殮服金縷玉衣和眾多的隨葬器物。❹離披　散亂的樣子。❺拂　遮蔽；掩翳。❻橫日路而擢枝　意謂文木抽出的枝條，擋住了太陽運行的軌道。日路，太陽所行之道。擢，拔；抽。❼羸鷇　瘦弱的幼鳥。鷇，待哺的幼鳥。❽嘈嗷　蟲鳥之叫聲。❾將等歲於二儀　意謂與天地同壽。二儀，指乾坤，即天地。❿班爾　即魯班、王爾，均為古代巧匠。見本書卷四「梁孝王忘憂館時豪七賦」條所注。⓫隱若天崩二句　言樹被砍倒時發出的聲響，有如天崩地裂。隱、豁，均為象聲詞。⑫刊　砍削。⑬文章　錯雜的花紋。⑭青緺　紫青色的綬帶。⑮雰　霧氣。⑯麚宗驥旅　謂鹿馬成群結隊。麚，雄鹿。宗、旅，此與下文「族」、「群」義同。⑰蠋　蛾蝶類的幼蟲，色青，形似蠶。⑱芰菱角。⑲參　此與上文中的「比」義同，意思是相等。⑳巘　山峰。㉑鳳將九子二句　此喻音樂之聲繁雜、激越。古代詩文描寫音樂，常以龍、鳳設喻。如以鳳鳴喻簫聲，以龍吟喻笛聲，就是其例。將，帶領。㉒鬱岪山勢高峻的樣子。㉓璀璨　色彩豔麗的樣子。㉔彪炳渙汗　文彩煥發的樣子。㉕蜘蹰　同「躊躇」。悠然自得的樣子。㉖猗歟　感嘆詞，表示讚美。㉗只且　句末語氣詞，無義。

【語譯】魯恭王得到一棵文木樹，把它砍下來做成器具，他對此很欣賞。中山王劉勝為此事作了一篇賦，寫道：「美麗的樹木，枝葉散亂，生長在那高高的山崖。樹葉掩遮天上的銀河，茂密而葉布；樹枝阻截太陽的道路，橫斜而出。幼鳥瘦弱待哺，雄鳥雌鳥孤單。紛紛飛來棲息在這樹上，嘈嗷地鳴唱啼叫。樹身堆著厚重的積雪，樹梢頂著強勁的冷風，差不多與天地同歲數。巧匠們不認識此樹，卻被王子得知。王子便命令能工巧匠，帶著斧頭去砍伐。轟轟隆隆，樹木倒地的聲音，就像天崩地裂。花葉紛紛落下，枝條都被砍折。又是削來又是砍，樹木便露出了各種各樣的紋理。有的像龍盤虎踞，有的像鸞鳥群集，鳳凰飛翔。有的像青紫色的綬帶，有的像玉環玉璧與珪璋。有的像重疊的山峰，有的像層層的波浪。有的像飛快的閃電，屯集的雲團，有的像濃淡不一的霧氣。有的像聚會的雄鹿與駿馬，有的像成群的家雞與野雉。有的像繡有蛾蝶鴛鴦的錦緞，有的像蓮花水草和菱角上的紋路。色彩比黃金還要華美，質地與白玉也沒有差別。將它鋸開來製作器物，曲直彎挺隨人選用。有的像映照在池水中的長竹，有的像挺立在山頂的高松。用它們來製作樂器，形態婉轉曲折，樂聲就像鳳帶著九子鳴叫，龍引著五子吟唱。用它們做成屏風，形狀就像高聳而綿延的山脈。用它們做成拐杖和几案，也是極其富麗華美。用它們做成枕頭和小桌，色彩鮮豔，花紋華麗。用它們做成盤盂，拿來把玩，讓人志得意滿，啊，君子，這是多麼快樂呀。」魯恭王看後十分高興，用眼看看周圍，得意地笑了，於是賜給中山王兩匹駿馬。

一二五　廣川王發古冢

廣川王去疾❶，好聚亡賴❷少年，遊獵畢弋❸無度，國內冢藏❹，一皆發掘。余所知爰猛❺，說其大父❻為廣川王中尉❼，每諫王不聽，病免歸家。說王所發掘冢墓不可勝數，其奇異者百數焉。為余說十許事，今記之如左。

【章　旨】本章藉爰猛之口，總述廣川王劉去疾盜掘古墓之事。

【注　釋】❶廣川王去疾　《漢書・廣川惠王劉越傳》作「廣川王去」，疑此處「疾」字為後人妄加。廣川王去，即漢武帝兄廣川（今河北冀縣）惠王劉越之孫劉去。其通曉《易經》、《論語》、《孝經》，好文辭、方技、博弈、倡優，為人兇殘，濫殺無辜，後因罪自殺。❷亡賴　同「無賴」。指不務正業的游手好閒之徒。❸畢弋　網羅與射獵。畢，捕捉禽獸用的長柄網。弋，用帶有絲繩的箭射擊。❹冢藏　墓中所藏器物。❺爰猛　人名，生平未詳。❻大父　祖父。❼中尉　官名，掌管京都治安和城防。漢武帝太初元年（西元前一〇四年）改稱執金吾。漢時諸侯國亦設此官，掌管治安之事。

【語　譯】廣川王劉去疾，喜歡聚集一些不務正業的年輕人，無所節制地遊獵捕射。國內墳墓中的殉葬物品，全都被他們盜掘了。我的朋友爰猛，說自己的祖父曾在廣川王手下做中尉，經常勸告廣川王，但廣川王不聽從，其祖父後來稱病免職回家，說到廣川王所發掘的墳墓，不計其數，其中非同尋常的墳墓有上百座。爰猛給我講了有關掘墓的十幾件事情，現將其記錄如下。

魏襄王❶冢，皆以文石❷為槨，高八尺許，廣狹容四十人。以手捫❸槨，滑液如新。中有石床、石屏風，宛然周正❹。不見棺柩明器❺蹤跡，但床上有玉唾壺❻一枚、銅劍二枚。金玉雜具，皆如新物，王取服之。

【章旨】此章記述廣川王所盜掘的戰國魏襄王墓中的格局與器物。

【注釋】❶魏襄王　戰國時人，魏惠王之子，名嗣，後為魏國國君，在位十六年。死後謚號曰襄。❷文石　有花紋的石塊。❸捫　撫摸。❹周正　完整。❺明器　即冥器，指古代為隨葬而特製的器物，多以竹、木或陶土製作。❻唾壺　痰盂。

【語譯】魏襄王的墓，都是以有紋理的石塊做外棺，外棺高八尺左右，長寬可容下四十個人。用手撫摸外棺，滑潤如新。墓中有石床、石屏風，看起來像是完好無損。沒有發現棺柩中那些隨葬物品的蹤影，只是石床上有一個玉製痰盂，兩把銅劍以及一些金玉雜具，都像新的一樣，全被廣川王拿去用了。

哀王❶冢，以鐵灌其上，穿鑿三日乃開。有黃氣如霧，觸人鼻目，皆辛苦不可入。以兵守之，七日乃歇。初至一戶，無扃鑰❷。石床方四尺，床上有石几，左右各三石人立侍，皆武冠帶劍。復入一戶，石扉有關鑰，叩開，見棺柩，黑光照人，刀斫不入，燒鋸截之，乃漆雜兕革❸為棺，厚數寸，累積十餘重，力不能開，乃止。復入一戶，亦石扉，開鑰得石床，方七尺。石屏風銅帳⿰金冓❹一具，或在床上，或在地下，似是帳糜朽，而銅⿰金冓墮落床上。石枕一枚，塵埃朏朏❺，甚高，似是衣服。床左右石婦人各二十，悉皆立侍，或有執巾櫛❻鏡鑷之象，或有執盤奉食之形。無餘異物，但有鐵鏡數百枚。

【章旨】此章記述廣川王盜掘戰國哀王墓的經過以及墓中的結構與器物。

【注釋】❶哀王　戰國時人，魏襄王之子，曾為魏國國君，在位二十三年。❷扃鑰　扃，從外面關門的門閂。鑰，門鎖。❸兕革　一種獸皮。兕，參閱卷三「袁廣漢園林之侈」條所注。❹⿰金冓　同「鉤」。❺朏朏　堆積的樣子。❻櫛　梳理頭髮的用具。

【語譯】魏哀王的墓，上面用鐵澆鑄，挖掘了三天才打開。墓中有像霧一樣的黃氣，刺激人的鼻子和眼睛，氣味辛辣，使人無法進去。派士兵守護，七天後氣味才消散。開始進去的一道門，沒有門閂門鎖。有一張四尺見方的石床，床上有石頭几桌，左右各有三石人侍立，都戴著武士帽，佩帶著劍。再進到一道門，石門上有門閂門鎖，打開後，看到了棺柩，黑光照人。用刀砍，砍不進；用燒熱的鋸子鋸，才弄開它，原來這棺是用獸皮塗上油漆做成的，有幾寸厚，總共有十幾層，人使勁也拉不開，便作罷了。又進到一道門，也是石門，打開門鎖，發現了一張石床，七尺見方。還有石屏風、銅帳鉤一副，有的在床上，有的在地下，好像是帳子腐爛後，銅帳鉤才掉到了床上。又有石枕一個，上面堆滿了塵灰，塵灰很厚，像是爛衣服的渣子。石床的左右各有石婦人二十個，都侍立著，有的石人是手執毛巾、梳子、鑷子的樣子，有的石人為端盤進奉食物的形象。再沒有別的奇異之物，只有幾百面鐵鏡。

魏王子且渠❶冢，甚淺狹，無棺柩，但有石床，廣六尺，長一丈，石屏風，床下悉是雲母❷。床上兩屍，一男一女，皆年二十許，俱東首，裸臥無衣衾❸，肌膚顏色如生人，鬢髮齒爪亦如生人。王畏懼之，不敢侵近，還擁閉如舊焉。

【章　旨】此章記述魏王子且渠墓中的器物、屍體，同時敘及廣川王盜墓的結果。

【注　釋】❶且渠　魏王子之名，生平未詳。❷雲母　一種名貴的礦石。見本書卷一「飛燕昭儀贈遺之侈」條所注。❸衾　覆蓋屍體的單被。

【語　譯】魏王子且渠的墓，很淺很窄，沒有棺柩，只有一張石床，寬六尺，長一丈。還有石屏風，床下都是雲母石。床上有兩具屍體，一男一女，年紀都在二十歲左右，頭都朝向東方，赤身裸體地躺著，沒有遮蓋屍體的衣被。肌膚臉色都像活人一樣，鬢髮、牙齒、手指，也都像活人的。廣川王見了很害怕，不敢靠近，退了回來，把墓穴照舊封閉起來。

袁盎❶冢，以瓦為棺槨，器物都無，唯有銅鏡一枚。

【章　旨】此章記袁盎墓中之物。

【注　釋】❶袁盎　即爰盎，西漢文帝時人，字絲。敢於直言進諫，官至太常。後因景帝立太子事，得罪了梁孝王，孝王遂遣刺客殺之於盎安陵郭門外。見《漢書·爰盎傳》。

【語　譯】袁盎的墓，用陶瓦做棺槨，沒有任何隨葬物，只有一面銅鏡。

晉靈公❶冢，甚瑰壯，四角皆以石為玃❷犬捧燭，石人男女四十餘，皆立侍，棺器無復形兆❸，屍猶不壞，孔竅中皆有金玉，其餘器物，皆朽爛不可別，唯玉蟾蜍❹一枚，大如拳，腹空，容五合水，光潤如新，王取以盛書滴❺。

【章旨】此章記述晉靈公墓中器物及屍體的情況。

【注釋】❶晉靈公　春秋時晉國國君，名夷皐，為晉文公之孫，襄王之子。西元前六二〇年至西元前六〇七年在位。為人暴虐，是歷史上有名的暴君。❷玃　大猿猴，亦稱「玃父」。《本草綱目》卷五一「獮猴」條：「玃，老猴也。生蜀西徼外山中。似猴而大，色蒼黑，能人行。善攫持人物，又善顧盼，故謂之玃。純牡無牝，故又名玃父，亦曰猳玃。善攝人婦女為偶，生子。」❸形兆　猶言形跡。❹蟾蜍　即今俗所謂癩蛤蟆。❺書滴　磨墨用的水滴。

【語譯】晉靈公的墓很瑰麗，也很壯觀，四角都用石頭刻成大猴和狗捧蠟燭的形象。墓中有男女石人四十多個，都侍立著。棺中的器物，都已無影無蹤了，屍體還沒腐爛，口鼻等洞孔中，都有金玉。其他的器物，都腐爛得難以辨認了。只有一個玉蟾蜍，大如拳頭，腹中是空的，能容納五合水，還光滑如新；廣川王拿去用來裝磨墨的水。

幽王❶冢，甚高壯，羨門❷既開，皆是石堊❸，撥除丈餘深，乃得雲母，深尺餘，見百餘屍，縱橫相枕藉❹，皆不朽，唯一男子，餘皆女子，或坐或臥，亦猶有立者，衣服形色不異生人。

【章　旨】此章記西周幽王墓的結構及墓中屍體的狀況。

【注　釋】❶幽王　即周幽王，周宣王之子，名宮涅。西元前七八一至西元前七七一年在位，為西周末年的君王。驕奢淫逸，後為犬戎所殺。❷羨門　墓道門。羨，通「埏」。❸石堊　白色土，是石灰岩的一種。墓穴中多用此土防潮、密封。❹枕藉　縱橫相枕而臥、坐。

【語　譯】周幽王的墓非常高大壯觀，墓道門被打開後，裏面都是白色土。撥去白色土一丈多深，便看到了雲母石，再挖一尺多深，發現有屍體一百多具，縱橫交錯地枕靠著，都沒有腐爛，只有一個是男子，其餘都是女的，有的坐著，有的躺著，也還有站立著的，衣服的形狀顏色，與活人的沒有差別。

欒書❶冢，棺柩明器朽爛無餘。有一白狐，見人驚走，左右遂擊之，不能得，傷其左腳。其夕，王夢一丈夫，鬚眉盡白，來謂王曰：「何故傷吾左腳？」乃以杖叩王左腳。王覺，腳腫痛生瘡，至死不差❷。

【章　旨】此章敘記廣川王盜發春秋欒武子墓的前後經過和遭遇。

【注　釋】❶欒書　即欒武子，春秋時晉國大夫。晉厲公六年，率軍伐鄭，楚兵救鄭，欒書大敗楚師於鄢陵，使晉國威望日隆。後與荀偃共謀，使人刺殺厲公，立悼公。卒於西元前五七三年，諡號武子。❷差　同「瘥」。病癒。

【語　譯】欒武子的墓，棺柩及隨葬物都腐爛得一乾二淨了。墓中有一隻白狐，一看到人，就驚慌地逃跑了，廣川王的手下便去追擊牠，沒有追上，只擊傷了牠的左腳。這天晚上，廣川王在夢中見到一個男子，鬍鬚眉毛都白了，他對廣川王說：「為什麼打傷我的左腳？」說完便以拐杖敲擊廣川王的左腳。廣川王醒後，腳上腫痛生瘡，到死都沒有好。

一二六　太液池五舟

太液池❶中有鳴鶴舟、容與舟、清曠舟、採菱舟、越女舟。

【章　旨】此章記述太液池五舟之名。

【注　釋】❶太液池　漢代池名，見本書卷一「太液池」條所注。

【語　譯】太液池中有鳴鶴舟、容與舟、清曠舟、採菱舟、越女舟。

一二七　孤樹池

太液池西有一池，名孤樹池。池中有洲，洲上煔樹❶一株，六十餘圍，望之重重如蓋，故取為名。

【章旨】此章記述孤樹池得名之由來。

【注釋】❶煔樹　即杉樹。煔，通「杉」。

【語譯】太液池的西面有一池塘，名叫孤樹池。池中有個沙洲，洲上有一棵杉樹，樹有六十多人合抱那麼粗，層層的枝葉，看上去像傘蓋，所以池塘就以此樹為名。

一二八 昆明池舟數百

昆明池❶中有戈船❷、樓船❸各數百艘。樓船上建樓櫓❹，戈船上建戈矛，四角悉垂幡旄❺，旍葆麾蓋❻，照灼涯涘❼。余少時猶憶見之。

【章 旨】此章記述昆明池中用以教習水戰的各類戰船上的裝備與設施。

【注 釋】❶昆明池 漢代池名，見本書卷一「昆明池養魚」條所注。❷戈船 載有戈矛的戰船。❸樓船 戰船之有樓者謂樓船。❹樓櫓 亦作「樓樐」。古代軍隊用以瞭望敵情的無頂蓋高臺。櫓、樐，無頂之樓。❺幡旄 旗幟。❻旍葆麾蓋 旍，同「旌」。旗幟。葆，羽葆，一種把鳥羽掛在竿頭製成的飾物，多用於車頂。麾蓋，此指旗幟頂上的羽毛飾物。蓋，此與「葆」義同。❼涯涘 水邊。

【語 譯】昆明池中有戈船、樓船各數百艘。樓船上建有瞭望臺，戈船上載有戈矛，船的四角，都垂掛旗幟以及羽毛旗飾，照耀著水邊。記得我小時候還看見過。

一二九　玳瑁床

韓嫣❶以玳瑁❷為床。

【章　旨】此章記韓嫣之玳瑁床，表現了他生活的奢侈。

【注　釋】❶韓嫣　人名，漢武帝寵臣。見本書卷四「韓嫣金彈」條所注。❷玳瑁　一種爬行動物，形似龜，背上有堅硬的甲片，呈黃褐色，表面光潤，可用以製作裝飾品，甚珍貴。此指玳瑁之背甲。

【語　譯】韓嫣用玳瑁甲製造臥床。

一三〇　書太史公事

漢承周史官❶，至武帝置太史公❷，太史公司馬談❸，世為太史，子遷❹，年十三，使乘傳行天下❺，求古諸侯史記，續孔子古文，序世事，作傳百三十卷，五十萬字。談死，子遷以世官復為太史公❻，位在丞相下。天下上計❼，先上太史公，副上丞相。太史公序事如古《春秋》❽法，司馬氏本古周史佚❾後也。作〈景帝本紀〉❿，極言其短及武帝之過，帝怒而削去之。後坐舉李陵⓫，陵降匈奴，下遷蠶室⓬，有怨言，下獄死⓭，宣帝以其官為令，行太史公文書事而已，不復用其子孫。

【章　旨】此章簡略地記述了西漢史學家司馬遷的生平事跡。

【注　釋】❶史官　掌管文書、典籍的官員。《周禮》記有大史、內史、外史等，皆為史官之屬。❷太史公　即太史令的尊稱，漢官名，職掌文史曆數。❸司馬談　司馬遷之父，西漢史學家，生年未詳，卒於西元前一一〇年。武帝時官至太史令。❹遷　即司馬遷，見本書卷四「司馬良史」條所注。❺年十三二句　《漢書・司馬遷傳》：「(遷)年十歲則誦古文。二十而南游江淮，上會稽，探禹穴，窺九疑，浮沅湘，北涉汶泗……。」所記遷行天下的時間與本則有異。乘傳，古代驛站用的馬車，一般用四匹下等馬拉。❻遷以世官復為太史公　謂司馬遷因襲其祖先世代相承的官職而做了太史公。世官，謂官職由一族一姓世世執掌。❼上計　上呈計簿。見本書卷三「揚子雲載輶軒作《方言》」條「計吏」注。❽春秋　書名，為儒家經典之一，傳為孔子根據魯國史官所編《春秋》整理而成。《春秋》忠於史實，詞簡義豐，文筆委曲，記事寓有褒貶和微言大義，後世謂之「春秋筆法」。❾史佚　周代史官。❿景帝本紀　《史記》中篇名。據《漢書・司馬遷傳》載，《史記》中有十篇亡佚於司馬遷逝世之後，其中包括〈景帝本紀〉。這十篇後來由褚少孫補寫。⓫李陵　字少卿，隴西成紀(今甘肅天水市)人。西漢名將李廣之孫。天漢二年(西元前九九年)，李陵以騎都尉率兵五千人出擊匈奴，因矢盡道窮，救兵不至，而失敗投降，後病死於匈奴，司馬遷曾為李陵投降匈奴事作辯解，觸怒了武帝，被下獄並處以腐刑。⓬蠶室　獄名，遭受腐刑(古代破壞生殖機能的酷刑，又稱宮刑)者所居。⓭下獄死　據《史記》、《漢書》載，司馬遷受腐刑下獄，但後來被釋放。出獄後曾任中書令，續寫《史記》一書，而並非死於獄中。

【語　譯】漢代因襲周代史官制度，至武帝時設置了太史公。太史公司馬談，其祖上世代為太史；兒子司馬遷，十三歲時，便讓他乘坐驛站的馬車遍行天下，訪求古代各諸侯國的史書記載。司馬遷後來承接孔子所修的古史，記敘歷代史實，寫作了史傳一百三十卷，五十萬字。司馬談死後，司馬遷繼承其祖先世代相沿的官職，也當上了太史公，職位在丞相之下。全國各地的郡縣官吏進京呈送計簿，首先要呈送給太史公，然後把副本上呈丞相。太史公記敘歷史，使用了古代的《春秋》筆法，司馬氏本來是過去周代史官的後代。司馬遷寫作〈景帝本紀〉，極力描寫景帝的短處和武帝的過錯，武帝很惱火，就把它刪除了。後來因為推薦李陵而獲罪，李陵投降匈奴後，司馬遷又被處以腐刑，關進了蠶室。他對此不滿，說了些埋怨的話，又被關進了大牢，死於牢中。宣帝後來將太史公這一官職改稱為太史令，讓其掌管太史公的文書之事而已，不再用司馬遷的子孫擔任這一官職了。

一三一 皇太子官

皇太子官稱家臣❶，動作稱從❷。

【章　旨】此章記述皇太子屬官及動作的稱號。

【注　釋】❶家臣　春秋時列國卿大夫的臣屬，如司徒、司馬等，稱家臣。此指皇太子屬官。漢代皇太子稱家，故其屬官有家臣、家吏、家令丞等稱呼。❷從　相對於皇帝（皇帝之所作所為，如所至，所愛，所寵，皆曰幸）而言，有隨從、順從等含意。

【語　譯】皇太子的屬官稱「家臣」，皇太子的所作所為稱「從」。

一三二　兩秋胡曾參毛遂

杜陵❶秋胡者，能通《尚書》❷，善為古隸字❸，為翟公❹所禮，欲以兄女妻❺之。或曰：「秋胡已經娶而失禮，妻遂溺死，不可妻也。」馳象❻曰：「昔魯人秋胡，娶妻三月而遊宦三年，休，還家，其婦採桑於郊，胡至郊而不識其妻也，見而悅之，乃遺黃金一鎰❼。妻曰：『妾有夫，遊宦不返，幽閨獨處，三年于茲，未有被辱如今日也。』採不顧。胡慚而退，至家，問家人妻何在。曰：『行採桑於郊，未返。』既還，乃向所挑之婦也。夫妻並慚。妻赴沂水❽而死。今之秋胡，非昔之秋胡也。昔魯有兩曾參❾，趙有兩毛遂❿。南曾參殺人見捕，人以告北曾參母⓫。野人毛遂墜井而死，客以告平原君⓬，平原君曰：『嗟乎，天喪予矣！』既而知野人毛遂，非平原君客也。豈得以昔之秋胡失禮，而絕婚今之秋胡哉？物固亦有似之而非者。玉之未理者為璞，死鼠未腊者亦為璞⑬；月之日為朔，車之輈⑭亦謂之朔，名齊實異，所宜辨也。」

【章　旨】此章記述漢人馳象，由時人秋胡娶妻事，所生發的關於名、實問題的議論，闡明了為人處事，要辨名求實的重要性。

【注　釋】❶杜陵　漢縣名。見本書卷二「畫工棄市」條所注。❷尚書　書名，是現存最早的關於上古時典章文獻的彙編，傳為孔子所輯。後被儒家列為經典之一。❸古隸字　即隸書，為漢字形體之一。隸書分古隸與今隸。在中國文字學中，「古隸」這一概念有兩指：一指秦代流行的隸書；二指漢代流行的所謂漢隸，與指三國魏鍾繇以後流行的楷書「今隸」相對。此處「古隸」當指秦隸。❹翟公　西漢下邽（今陝西渭南東北）人，曾兩度為廷尉。見《漢書・汲黯傳》。❺妻　以女嫁人。❻馳象　人名，生平未詳。❼鎰　古代黃金的計量單位。❽沂水　水名，發源於今山東省，流入江蘇。❾曾參　即曾子，春秋時魯國人，字子輿，生於西元前五〇五年，卒於西元前四三六年，為孔子門徒。本則下文所稱「北曾參」即此。下文所記「南曾參」，生平未詳。❿毛遂　戰國時趙人，為平原君的門客，曾自薦同平原君前往楚國說服楚王聯趙抗秦。後世流傳甚廣的「毛遂自薦」故事源於此。本則下文所記「野人毛遂」，生平未詳。⓫南曾參殺人見捕二句　「曾參殺人」一事，見《戰國策・秦策二》。⓬平原君　即趙勝，戰國趙武靈王之子，惠文王之弟，生年未詳，卒於西元前二五一年。生前封於東武城，號平原君。曾三任趙相。相傳有門客三千。是戰國「四公子」之一。⓭玉之未理者為璞二句　語出《戰國策・秦策三》。理，雕琢、加工玉石。腊，將肉晾乾或曬乾。⓮車之輈　亦即車之前部居中曲而向上的轅木，其末端橫放車軛以駕馬。案：一說車之斿（即車上的曲柄旗）曰朔。見明董斯《廣博物志》卷四。

【語　譯】杜陵人秋胡，精通《尚書》，會寫秦時的隸體字，被翟公以禮相待。翟公打算把自己哥哥的女兒嫁給他。有人說：「從前的秋胡已經娶妻並違反了禮教，他的妻子就投水而死，所以不能把女兒嫁給今之秋胡。」馳象說：「從前魯國人秋胡，娶妻才三個月，就外出做了三年官。休假時，他回到家鄉。他的妻子這時正在郊外採桑，秋胡來到郊外，但已不認識自己的妻子了。他見了妻子，很喜歡她，便送給她黃金一鎰。他的妻子說：『我有丈夫，在外做官沒有回來，我獨自生活在深閨之中，至今三年了，從來沒有像今天這樣受人侮辱。』於是繼續採桑，不理睬他。秋胡慚愧地走了。回到家中，秋胡向家裏的人打聽妻子在哪兒，家裏的人回答說：『到郊外採桑去了，還沒回來。』妻子回家後，秋胡才知道她就是剛才他所挑逗的那個女人。夫妻二人都感到羞愧。妻子便跳進沂河裏淹死了。現在的秋胡，不是從前的秋胡。從前魯國有兩個曾參，趙國有兩個毛遂。南邊的曾參因殺人被抓了起來，有人將此事去告訴北邊曾參的母親。農夫毛遂掉到井裏死了，門客中有人將此事告訴了平原君，平原君說：『哎呀，老天爺滅了我的人啊！』不久才知道死的是農夫毛遂，不是平原君的門客。這樣，怎麼能因為從前的秋胡違背禮教，就拒絕與現在的秋胡通婚呢？事物本來也有表面相似而本質不同的。沒有雕琢加工的玉石叫做璞，而沒有乾枯的死老鼠肉也叫璞；每月的第一天叫做朔，而車上的轅木也叫朔，名稱相同，而實質卻不同，這是應當加以辨別的。」

新譯李商隱詩選
新譯范文正公選集
新譯蘇洵文選
新譯蘇軾文選
新譯蘇軾詞選
新譯蘇轍文選
新譯曾鞏文選
新譯王安石文選
新譯唐宋八大家文選
新譯柳永詞集
新譯李清照集
新譯辛棄疾詞選
新譯陸游詩文選
新譯歸有光文選
新譯唐順之詩文選
新譯徐渭詩文選
新譯薑齋文集
新譯顧亭林文集
新譯方苞文選
新譯袁枚詩文選
新譯李慈銘詩文選
新譯聊齋誌異選
新譯聊齋誌異全集
新譯閱微草堂筆記
新譯浮生六記
新譯弘一大師詩詞全編

教育類

新譯爾雅讀本
新譯顏氏家訓
新譯聰訓齋語
新譯曾文正公家書
新譯三字經
新譯百家姓
新譯幼學瓊林
新譯增廣賢文・千字文
新譯格言聯璧

歷史類

新譯史記
新譯漢書
新譯後漢書
新譯三國志
新譯資治通鑑
新譯史記——名篇精選
新譯尚書讀本
新譯周禮讀本
新譯逸周書
新譯左傳讀本
新譯公羊傳
新譯穀梁傳
新譯春秋穀梁傳
新譯戰國策
新譯國語讀本
新譯說苑讀本
新譯新序讀本
新譯吳越春秋
新譯西京雜記
新譯列女傳
新譯越絕書
新譯燕丹子
新譯東萊博議
新譯唐六典
新譯唐摭言

宗教類

新譯金剛經
新譯高僧傳
新譯碧巖集
新譯百喻經
新譯楞嚴經
新譯梵網經
新譯法句經
新譯六祖壇經
新譯禪林寶訓
新譯維摩詰經
新譯經律異相
新譯阿彌陀經
新譯無量壽經
新譯妙法蓮華經
新譯景德傳燈錄
新譯大乘起信論
新譯釋禪波羅蜜
新譯八識規矩頌
新譯永嘉大師證道歌
新譯華嚴經入法界品
新譯地藏菩薩本願經
新譯悟真篇
新譯无能子
新譯坐忘論
新譯列仙傳
新譯抱朴子
新譯神仙傳
新譯性命圭旨
新譯老子想爾注
新譯周易參同契
新譯道門觀心經
新譯養性延命錄
新譯樂育堂語錄
新譯沖虛至德真經
新譯長春真人西遊記
新譯黃庭經・陰符經

地志類

新譯山海經
新譯水經注
新譯佛國記
新譯大唐西域記
新譯洛陽伽藍記
新譯徐霞客遊記
新譯東京夢華錄

政事類

新譯商君書
新譯鹽鐵論
新譯貞觀政要

軍事類

新譯孫子讀本
新譯司馬法
新譯尉繚子
新譯三略讀本
新譯六韜讀本
新譯吳子讀本
新譯李衛公問對

◎新譯吳越春秋

黃仁生／注譯　李振興／校閱

《吳越春秋》是以春秋時期吳國和越國的歷史為題材，一部介於史傳文學與歷史小說之間的古典名著。書中有系統地記述了吳越興亡的始末，以及吳越爭霸過程中的一些傳奇故事和人物，在文化史留下深刻影響。本書以元大德十年丙午刊本為底本，以明清諸刻本參校，在前賢時彥的整理研究成果上，深入注譯解析，能幫助讀者做全面且深度的閱讀。